La route de Beit Zera

DU MÊME AUTEUR

Une rivière verte et silencieuse, *Seuil, 1999 ; Points Seuil, 2001*
La Dernière Neige, *Seuil, 2000 ; Points Seuil, 2002*
La Beauté des loutres, *Seuil, 2002 ; Points Seuil, 2004*
Quatre soldats, *Seuil, 2003, prix Médicis ; Points Seuil, 2004*
Hommes sans mère, *Seuil, 2004 ; Points Seuil, 2005*
Le Voyage d'Eladio, *Seuil, 2005*
Océan Pacifique, *Seuil, 2006, prix Livre et Mer Henri-Queffélec, 2007*
Marcher sur la rivière, *Seuil, 2007*
La Promesse, *Seuil, 2009*
L'Année du soulèvement, *Seuil, 2010*
La Lettre de Buenos Aires, *Buchet-Chastel, 2011, Grand Prix SGDL de la nouvelle*
La Vague, *Éditions du Chemin de fer, 2011*
La Source, *nouvelle, Cadex, 2012*
Un repas en hiver, *Stock, 2012 ; J'ai lu, 2014*
L'homme qui avait soif, *Stock, 2014, prix Louis Guilloux, prix Landerneau ; J'ai lu, 2015*
L'Incendie *(avec Antoine Choplin), La Fosse aux ours, 2015*

Ouvrages pour la jeunesse

Le Secret du funambule, *Milan, 1989*
Le Bruit du vent, *Gallimard Jeunesse, 1991 ; Folio Junior, 2003*
La Lumière volée, *Gallimard Jeunesse, 1993 ; Folio Junior, 2009*
Le Jour de la cavalerie, *Seuil, 1995 ; Points Seuil, 2003*
L'Arbre, *Seuil, 1996*
Vie de sable, *Seuil Jeunesse, 1998*

Hubert Mingarelli

La route de Beit Zera

roman

Stock

Illustration de bande : © The International Photo Co./
Getty Images

ISBN 978-2-234-07810-9

Sous le lac de Tibériade, près de Beit Zera, il y avait une maison, et dans cette maison vivaient un homme et une chienne. L'homme s'appelait Stépan Kolirin. La chienne n'avait pas de nom et elle était si vieille qu'elle n'avait plus la force de se dresser sur ses pattes. Tous les matins, il la retrouvait au milieu de la cuisine où elle dormait, couchée dans son urine, et Stépan était de jour en jour plus malheureux de la voir souffrir ainsi.

Il y eut ce matin-là. L'odeur le frappa dès qu'il entra, et bien qu'il y fût habitué, il eut un haut-le-cœur. La chienne le regardait et clignait des yeux comme s'il y avait eu trop de lumière. En réalité, elle avait un peu peur. Elle se souvenait que lorsqu'elle avait commencé à uriner la nuit, le matin, il l'engueulait. C'était fini depuis longtemps. Il ne l'engueulait plus. Pour quoi faire ? Mais elle s'en souvenait, elle craignait toujours qu'il élève la voix en entrant.

Il s'approcha, s'accroupit, et, comme tous les matins, il lui frotta le dessus de la tête pour lui montrer qu'il n'était pas en colère. Il la prit dans ses bras, la souleva et la ramena sur sa couverture. Trois mètres séparaient sa couverture de l'endroit, toujours le même, où elle urinait. Il se demandait où elle trouvait la force de les parcourir. Sans pouvoir se dresser sur ses pattes, ce devait être difficile. Ce devait être une distance incroyablement longue puisqu'elle manquait de force pour la refaire à l'envers.

À nouveau il lui frotta le dessus de la tête et pour finir laissa sa paume sur elle et lui sourit. Il se releva, et il pensait : « Qu'est-ce que je peux faire ? »

Il mit la cafetière sur le feu et alla chercher le seau sous la véranda. Il y resta un instant pour respirer l'air sain du dehors. De la brume coulait entre les troncs des arbres. Des oiseaux cherchaient leur repas, sautant dans cette brume comme des jouets à ressort. Au-dessus des arbres, l'air était clair. Il restait une étoile. Il vit la traînée d'un avion, et un petit oiseau perché tout en haut du plus haut des arbres. Il semblait bien seul là-haut. Ça le toucha de penser qu'avec ses quelques grammes, cet oiseau avait davantage de force que la chienne. Il rentra avec le seau et alla le remplir à l'évier.

Tandis qu'il épongeait l'urine, la chienne l'observait, la tête posée entre ses pattes.

– Ça va, dit-il. Ça m'emmerde, mais ça va.

Elle avait cessé de cligner des yeux. Elle le fixait à présent. Il rinça le plancher plusieurs fois, sortit pour jeter l'eau et lorsqu'il revint la chienne dormait. Maintenant il y avait une grande tache humide au milieu de la pièce. Dans quelques heures, elle aurait séché et on ne la verrait plus. Mais contre l'odeur, il n'y avait rien à faire. L'urine qui s'infiltrait entre les lames de bois n'avait pas le temps de sécher d'une nuit à l'autre. C'était une odeur âcre et forte qui lui rappelait celle de l'ammoniaque.

Il s'accroupit devant la chienne. Elle faisait de légers mouvements avec ses pattes de devant. « Peut-être qu'elle court. Pourtant c'est loin la dernière fois, il y a longtemps, mais elle s'en souvient. »

Il se redressa. La chienne continuait à bouger ses pattes. « Sûrement qu'elle court. Tant mieux. » Il éteignit le feu sous la cafetière, se versa le café et sortit.

À peine refermé la porte, il sut qu'il ferait aujourd'hui cette chose à laquelle il pensait depuis longtemps. Il resta quelques secondes debout sous la véranda, et à l'instant où il s'asseyait dans le fauteuil, il savait où ils iraient et comment il s'y prendrait. Il pensa ensuite : « Seulement il ne faut pas qu'il pleuve. Une chose pareille, ça ne se fait pas sous la pluie. » Il leva les yeux vers le ciel entre le toit de la véranda et le haut des arbres, et dans le ciel il ne vit rien, pas un nuage. Il pensa : « Si je le fais maintenant, je n'aurai pas ce problème de la pluie. Mais comment le faire maintenant ? J'ai besoin de m'y préparer. » Le chagrin surgit d'un coup, comme un orage. Il en fut si secoué qu'il se mordit la lèvre et contracta les épaules comme s'il avait eu froid. « Dans son rêve, elle est en train de courir, et pendant ce temps-là, moi je me dis que je ne peux pas l'amener là-bas et la tuer sous la pluie. » Il baissa la tête. « Elle court en ce moment, et moi c'est à ça que je pense. »

Il but son café. Le chagrin tapait des coups. Stépan se disait : « Je ne dois pas me laisser aller. » Il se souvint du petit oiseau tout en haut de l'arbre et leva la tête. Il était parti. Peut-être pour rejoindre les autres. Sans quitter des yeux la cime de l'arbre il pensait : « Il est quelle heure en Nouvelle-Zélande ? Pourquoi je n'arrive jamais à le savoir sans réfléchir ? » Il se sourit comme chaque fois qu'il se posait cette question, mais cette fois ce sourire lui resta en travers.

La brume aux pieds des arbres se dissipait. Les oiseaux prenaient des couleurs comme s'ils sortaient de la mer. Le soleil trouva un passage dans la forêt de pins et d'eucalyptus et éclaira la véranda. Les oiseaux par contraste devinrent tout noirs. Il se roula une cigarette et l'alluma. Il avala vite la fumée car il comptait sur elle pour l'apaiser. Mais c'est l'inverse qui arriva, elle lui fit voir les choses telles qu'elles étaient, avec lucidité. Il fumait et pensait : « Je l'ai décidé et je ne reviendrai pas en arrière. À moins qu'il pleuve, je le ferai avant ce soir. Je ne dois pas me laisser aller. Le chagrin est là et il ne s'en ira pas de sitôt. Je ne peux pas lutter contre. »

Toute la brume avait disparu et il continuait à fumer. « Faites qu'il ne pleuve pas, je ne pourrai pas le remettre à demain. Je n'ai pas la force de le faire maintenant, j'ai besoin d'attendre, mais s'il pleut, comment le remettre à demain et passer la nuit avec cette idée ? » Soudain les deux endroits de la maison où il avait un jour rangé d'un côté le revolver et de l'autre les munitions, lui apparurent comme deux photographies posées côte à côte. Il les chassa et songea : « Non pas maintenant. Ne t'en occupe pas. Laisse-les là où ils sont pour le moment. »

Encore bas, le soleil commença à l'éblouir. Il baissa les yeux et songea : « La Nouvelle-Zélande est trop loin aujourd'hui. Même en imagination. C'est maintenant que j'aurais besoin de toi, Yankel, pas pour le faire à ma place, mais pour me sentir moins seul. »

Il n'avait pas fini sa cigarette. Elle n'était pas bonne et apaisante comme il l'avait espéré, mais il la gardait encore, car après elle, il ne savait pas ce qu'il ferait. Il fumait et il tendait l'oreille. Malgré le soleil rasant, il jetait des regards vers la forêt. À présent il redoutait de voir le garçon arriver. Même si c'était rare qu'il vînt le matin. Sa décision prise et son chagrin à l'intérieur de lui, il voulait rester seul. Mais il ne voulait pas dire à Amghar de rentrer chez lui sans lui en donner la raison. Il la lui donnerait, bien obligé, et du chagrin, il en aurait lui aussi, et qui sait, peut-être plus grand que le sien. « Mais qu'est-ce que je raconte. Pourquoi je me mens. Il sera bien plus grand que le mien, son chagrin. Et peut-être au-dessus de ses forces. »

De la cigarette, il ne restait presque plus rien, et il la lança dans l'herbe au pied de la véranda. Il ferma les yeux et songea : « S'il arrive maintenant, je le laisse aller la voir, et après je lui dis la vérité, je n'attends pas. »

Dieu sait pourtant qu'il aimait l'entendre se chercher un passage entre les arbres, et puis le voir surgir soudain. Il aimait le voir arriver même les jours où il faisait la gueule. Ces jours-là, il venait s'asseoir sur les marches de la véranda et baissait la tête jusqu'à ce que Stépan lui demande : « Quoi encore ? » Le garçon ne lui répondait pas, il continuait à baisser la tête comme s'il avait eu honte de quelque chose. Au bout d'un moment il toisait Stépan en silence, et c'était fini, il ne faisait presque plus la gueule.

Quand il était triste, c'était différent. Il surgissait entre les arbres, s'approchait, grimpait les trois marches et s'asseyait sous la véranda dans un coin, et restait là-dehors. Par expérience Stépan le laissait avec sa tristesse. Il faisait ce qu'il avait à faire comme si le garçon n'avait pas été là. S'il y avait du vent il lui apportait une couverture.

Quand sa tristesse commençait à s'en aller, Amghar quittait son coin, entrait dans la maison et s'asseyait devant la chienne, et avec sa façon à lui, de ses gestes doux, il la caressait pendant un long moment.

Il y avait presque une année qu'Amghar était apparu entre les deux eucalyptus. Le ciel était violet, il pleuvait, les nuages venaient de Tibériade. Les arbres ployaient sous l'averse. Les oiseaux avaient disparu et l'eau d'une mer entière tombait du ciel. Sur le toit en tôle de la véranda, c'était comme un millier de pierres jetées de tout en haut. Stépan était dehors dans son fauteuil. Il attendait que la pluie s'arrête, et ses pensées avaient déjà traversé la moitié du monde jusqu'en Nouvelle-Zélande, et cherchaient où se poser sur l'île du Nord, là où vivait son fils Yankel. Il songeait à la pluie là-bas. Est-ce qu'elle était extraordinaire ou bien tombait comme ici ? Est-ce qu'elle avait quelque chose de particulier ? Il se disait : « Ici elle est tiède, mais là-bas ? » Il se demandait : « Est-ce que là-bas le ciel est violet ? » Comme il sentait naître en lui autre chose que la curiosité et que son cœur commençait à se serrer, il tourna la tête vers la porte ouverte et appela la chienne. Il siffla les trois notes.

Il resta dans cette position, tourné vers la porte, jusqu'à ce que la chienne sorte de la maison et vienne se coucher contre les pieds du fauteuil. Alors seulement il redressa la tête et l'aperçut devant la lisière entre deux eucalyptus. Comme il ne l'avait pas vu venir, il considérait le garçon arabe avec surprise. Ce dernier ne bougeait pas et la pluie tombait sur lui comme sur une souche. Il resta ainsi une minute entière. Puis il pivota sur lui-même et commença à s'éloigner dans la forêt. Les arbres et la pluie eurent tôt fait de le cacher. Jusqu'au soir et plus d'une fois, il pensa à lui, et le lendemain encore un peu, puis il l'oublia.

Lorsqu'il revint, une semaine avait passé. Le soleil descendait, il y avait la traînée d'un avion, et beaucoup plus près dans les branches, les petits oiseaux du soir. Assis sous la véranda, Stépan regardait l'incendie dans le ciel et la traînée blanche de l'avion qui le coupait en deux.

Cette fois il le vit venir. Les oiseaux s'envolaient devant lui. Il approcha, s'arrêta à la lisière comme la première fois entre les deux mêmes eucalyptus et ne bougea plus. Une quinzaine de mètres séparaient la lisière de la véranda. Il pouvait voir que le garçon ne le quittait pas des yeux. Il se fit une cigarette. Il fuma un instant et demanda :

– Qu'est-ce que tu veux ?

Le garçon répondit :

– Rien.

Il fut étonné de l'entendre car il avait été certain du contraire. Le garçon fit un pas et un autre, se détachant de la lisière, et leva les yeux au ciel. Comme il restait ainsi depuis un moment, Stépan se leva du fauteuil, s'avança par curiosité sous la véranda et regarda vers le ciel lui aussi, et dans le ciel rougi, un vautour tournoyait, assez bas, si bas qu'on voyait l'échancrure entre les plumes, au bout des ailes.

Après avoir regardé le vautour tournoyer et reprendre de l'altitude, le garçon fit encore deux pas vers la maison. Stépan alors retourna dans son fauteuil et n'ayant pas fini sa cigarette, il continua de fumer. Il souhaita que le garçon s'en aille maintenant. Il fumait comme s'il n'y avait eu personne. Mais la chienne sortit de la maison. Elle traversa la véranda, descendit les trois marches et s'approcha du garçon. Elle tendait la tête vers lui. Il ne la toucha pas, mais il la considérait sans crainte. La chienne revint vers la maison et se coucha au pied de la véranda, elle ne monta pas les marches. Stépan vit dans le regard du garçon, le regret de ne pas l'avoir touchée. Mais pas longtemps, car le garçon se retourna, entra dans la forêt, et s'en alla vers là où le soleil maintenant était tombé en emportant avec lui le ciel rougi. Le vautour aussi avait disparu. Plusieurs jours après et presque à la même heure du soir, le garçon revint, et c'était, le comprit Stépan, pour combler ce regret.

Ce matin, il avait encore besoin de boire du café, mais il n'osait pas retourner dans la maison. Sa décision prise, il craignait de croiser le regard de la chienne si elle s'était réveillée. En y réfléchissant, il craignait de la voir, même endormie, heureuse de courir dans son rêve, alors que lui avait maintenant cette chose en tête. Il se sentait démuni et sans force. Il crut un moment qu'il ne faisait que se mentir. « Si je n'ai pas le courage de la regarder, où est-ce que je trouverai celui de la tuer ? » Pour aller contre la faiblesse qu'il sentait monter, voulant se prouver sa force, il prit appui sur les accoudoirs du fauteuil, entama le geste de se lever pour aller se chercher du café, puis y renonça. Il ferma les yeux. « Non, je ne me mens pas, je le trouverai, le courage. Mais je ne veux pas me faire du mal pour du café. » Il rouvrit les yeux.

L'air était transparent à présent. Le soleil dépassait les cimes. Le jour commençait vraiment. Il parcourut l'horizon des arbres. Il songea : « Je voudrais qu'on soit comme on a été, je donnerais beaucoup. Je sifflerais les trois notes et elle arriverait. » Et comme le jour commençait vraiment, il se demanda soudain : « Est-ce qu'aujourd'hui je dois travailler ? » Il jeta sa question en l'air. « Attends, attends, se dit-il. Pas encore. N'y pense pas encore. » Il baissa la tête. « Pour le moment je voudrais qu'on soit comme on a été. Je sifflerais. »

Il eut un rapide sourire en songeant à Amghar, au mal qu'il avait avec ces trois notes. Il les sifflait toujours maladroitement parce qu'il n'arrivait pas à s'en rappeler. Stépan lui disait : « Ne t'en fais pas, elle s'en moque, ça lui est bien égal, la musique. Elle les reconnaît quand même. Souviens-toi plutôt où elle aime aller et où elle veut que tu la caresses. Mais repère toujours ton chemin, ne va pas trop loin avec elle. Fais attention, tu sais qu'elle perd ses forces. »

La question jetée en l'air revint. À nouveau il songea : « Est-ce que je peux travailler aujourd'hui ? Est-ce que je lui manque de respect si aujourd'hui je fais comme si de rien n'était ? Et moi, est-ce que je vais y arriver ? » C'était encore trop tôt pour une autre cigarette. Il se la fit quand même, et en fumant : « Si je ne travaille pas, je vais prendre du retard. » Le retard, il le calcula rapidement. Il lui faudrait rester toute la semaine, tard le soir et sans flancher pour le rattraper. « Et alors, songea-t-il, je peux y arriver. Seulement je ne sais pas si mes yeux seront d'accord. »

Il possédait un atelier, mais pas d'outils. Les outils c'étaient ses mains, et son atelier, une baraque en planches derrière la maison. Ses mains tenaient le coup, mais pas ses yeux. Pour aider ses yeux, il avait construit une nouvelle fenêtre et rajouté une ampoule électrique. Ça allait mieux, mais il ne savait pas pour combien de temps. Il façonnait des petites boîtes en carton pour Eran Samuelson. Elles arrivaient sous la forme de cartons déjà imprimés et pourvus de rainages, et lui, en deux temps trois mouvements repliait les cartons sur eux-mêmes, à l'endroit des rainages. Les petites boîtes qui contiendraient plus tard des flacons de parfum, des ampoules électriques, des savons, naissaient entre ses mains en un éclair.

Eran Samuelson le livrait en cartons chaque début de semaine et repartait avec les boîtes façonnées durant la semaine écoulée. Ça faisait un grand volume, mais peu d'argent. Une boîte n'aurait rien rapporté. La monnaie pour la payer n'existait pas. Samuelson le payait toutes les cinquante. Et il était temps qu'il arrive pour les charger parce que la baraque était pleine jusqu'en haut.

Il se leva, descendit de la véranda et s'assit sur la marche du haut. Il fumait, penché vers l'herbe de septembre. Il réfléchissait, car il n'avait pas encore résolu le problème du travail. Il entendit du bruit dans les arbres. Il sursauta, releva la tête et fouilla la lisière du regard. Il comprit que ce n'était que le vent. Puis il se dressa, passa derrière la maison et entra dans la baraque. Il alluma les ampoules, passa entre les piles des boîtes déjà façonnées et s'assit devant les cartons qui l'attendaient. À la vue de ce qui finirait par tuer ses yeux, il éprouva ce matin encore plus d'amertume que d'habitude. Souvent il se disait, avant de commencer : « À supposer que j'y arrive, qu'un jour, je mette assez d'argent de côté pour me payer le voyage, peut-être que ce jour-là, mes yeux me laisseront tomber. » Et quand le chagrin s'emparait de lui, il serrait Yankel dans ses bras en imagination et lui disait : « Moi qui attendais depuis si longtemps de te revoir, me voilà, et je ne peux même pas te regarder. J'ai tué mes yeux pour venir jusqu'ici. À qui ressembles-tu ? » Quand il avait du chagrin, son imagination allait vite et lui jouait des tours.

Il était assis dans la baraque depuis un moment déjà, et il n'entendait que sa respiration. Ses mains, prêtes à saisir un carton et commencer sa journée, restaient posées sur la table. Il comptait sur elles pour savoir s'il manquerait de respect à la chienne en travaillant aujourd'hui. C'est elles qui commanderaient. Il attendait. Les minutes s'écoulèrent. Ses mains ne bougeaient pas. Bien sûr, les cinquante premières boîtes étaient chaque matin une montagne qu'il attaquait, et pour s'aider il disait à Samuelson comme s'il avait été là dans la baraque à côté de lui : « Toi tu n'as pas de cœur, tu n'as pas d'âme. Tu sais ce que j'endure avec tes boîtes ? Un jour, Eran, je ne t'aimerai plus. » Ça, c'était pour commencer, car ensuite il l'insultait. Il avait besoin de maudire Samuelson et de l'envoyer en enfer pour arriver à bout des cinquante premières. Samuelson le savait, mais il s'en foutait, il lui disait que si ça l'aidait à lui fournir la bonne quantité de boîtes, il pouvait bien le traiter de tous les noms. Le problème avec Samuelson, c'est qu'il avait lui-même façonné des montagnes de boîtes avant d'acheter un camion et se mettre à son compte, il était déjà passé par là, lui aussi l'avait enduré. Stépan ne pouvait pas l'oublier lorsqu'il l'envoyait en enfer. Jamais il ne l'envoyait là-bas sérieusement. Ils se connaissaient depuis longtemps. Ils se considéraient comme des frères et prenaient une cuite sous la véranda, une fois par mois.

Attendant toujours que ses mains commandent, Stépan songea : « Eran, la prochaine cuite que nous prendrons sera bien triste. Toi aussi tu l'aimes cette chienne. Et c'est à toi que je la dois. »

Une fois par mois, Samuelson passait à la coopérative de Beit Zera et achetait pour Stépan de quoi boire, manger et fumer. Vers le soir, il garait son camion devant la baraque en planches et aidait Stépan à porter ses provisions dans la maison. Ensuite ils chargeaient les boîtes façonnées durant la semaine. Puis ils restaient dehors sous la véranda et prenaient une cuite.

Il y avait longtemps, des années, qu'un soir comme ça, après avoir déchargé les provisions achetées à la coopérative et chargé les petites boîtes, Samuelson dit à Stépan : « Viens voir. » Ils firent le tour du camion, Samuelson ouvrit la portière du passager et dit : « Regarde. Je l'ai volé, ils le frappaient. Tu le veux ? » Stépan ne répondait pas. Samuelson répéta : « Tu le veux ? » Stépan demanda : « Et toi ? » Samuelson répondit : « Moi non. Je l'ai volé à mes voisins. Tu comprends. » Stépan prit le chiot dans ses bras et ils allèrent boire sous la véranda. Le chiot dormait sur les genoux de Stépan. Ils trinquèrent à sa santé, plus d'une fois.

Au milieu de la nuit Samuelson alla se coucher dans son camion. Stépan s'endormit dans son fauteuil. Quand il se réveilla, les petits oiseaux noirs commençaient à chanter. Le chiot était encore sur ses genoux. Il alla voir si Samuelson dormait toujours dans son camion. Il voulait lui rendre le chiot. Mais Samuelson était parti. Le soir, il écrivit à Yankel : « C'est une chienne. Samuelson l'a volée à ceux qui la frappaient. Je vais la garder. Je ne sais pas si c'est une bonne idée. On verra. »

Et voilà que, tout en songeant à Samuelson et à la tristesse qu'il ressentirait lui aussi, ses mains s'étaient mises à travailler, et pendant un moment il ne s'en rendit pas compte. Pendant un moment, il façonna des boîtes. Lorsqu'il en prit conscience, il en compta presque une trentaine, et il ressentit alors pour ses mains de la reconnaissance. Non parce qu'elles lui évitaient de prendre ce retard qu'il aurait du mal à rattraper, mais parce qu'ainsi elles libéraient son esprit.

Ce travail tuait ses yeux, mais il arrivait aussi comme aujourd'hui, qu'il soit la meilleure façon de rester seul avec lui-même. Et une fois seul, tandis que ses mains se mouvaient sans lui pour façonner les boîtes, lui il partait. Il ne restait jamais dans la baraque, ni autour de la maison. C'était loin, là où il allait. Il survolait des étendues immenses, il voyait des plaines, des plateaux et des forêts sans fin, et lorsqu'il survolait la mer, il dépassait par milliers des bateaux qui allaient comme lui vers la Nouvelle-Zélande, sur l'île du Nord, là où vivait Yankel depuis dix longues années.

Ce matin, sa décision prise, son esprit n'alla pas jusque là-bas. Tandis que ses mains avaient repris leur travail, son esprit traversa le mur de la baraque, traversa le mur de la maison, puis, s'approchant sans bruit, se pencha sur la chienne : « Dors, dors, et cours dans ton rêve. »

Lorsque Amghar était revenu pour la troisième fois, il n'avait pas eu le temps de l'oublier. Il rentrait de la baraque avec la chienne. Il avait travaillé tard et plissait des yeux. Le soir tombait. Amghar se tenait devant la lisière, l'air impénétrable. La forêt était déjà dans l'obscurité. On aurait dit que la nuit naissait dans les sous-bois. Stépan jeta un regard au garçon, grimpa les marches de la véranda et entra dans la maison. Il mit son repas à chauffer et ressortit. Il s'assit dans son fauteuil et se fit une cigarette. La chienne avait rejoint le garçon devant la lisière, elle dressait la tête vers lui. Stépan commença à fumer et les boîtes qu'il avait façonnées aujourd'hui dansaient devant ses yeux. La chienne s'assit sur son arrière-train, elle dressait toujours la tête vers le garçon immobile et les bras le long du corps. Stépan songeait : « Les Arabes craignent les chiens. Je ne sais pas pourquoi. » Soudain il dit :

– Pourquoi tu attends ?

Le garçon eût un sourire si mince qu'il faillit ne pas le voir. Stépan lui dit :

– Tu as peur, mais pas elle.

Ce fut comme un mot de passe, le garçon avança la main et caressa la chienne. Puis il regarda longuement Stépan. Et lui, à travers la fente de ses yeux, chercha à mieux distinguer ses traits. Mais la lumière baissait, et ses yeux fatigués ne lui permettaient pas de fixer longtemps. Il se leva pour aller voir son repas. Dans la cuisine, il jeta sa cigarette dans l'évier, prit une assiette, se servit et retourna dehors. Le garçon était toujours là, il n'avait pas bougé, et la chienne à ses côtés attendait. Stépan dit, s'asseyant dans le fauteuil :

– Une fois ça ne suffit pas. Tu vois bien.

Le garçon posa la main sur la chienne, et Stépan dit :

– Et n'attends pas que je te le permette.

Alors, tandis que Stépan mangeait, le garçon la caressa, jusqu'au moment où elle le quitta et vint se coucher dans l'herbe, au pied de la véranda. Il faisait presque nuit à présent, et Stépan désigna au garçon le ciel sombre :

– Bientôt tu ne verras plus rien. Rentre chez toi.

De la main, le garçon lui fit un signe qu'il faillit ne pas voir tellement il fut léger et rapide, et s'en alla. Plus tard, cherchant le sommeil, Stépan se le rappela, léger comme il avait été, et le lendemain encore il y pensa tandis qu'il allait travailler dans la baraque. C'était le premier jour de la semaine, Samuelson viendrait. La baraque était pleine de boîtes. Il y en avait partout jusqu'en haut. La journée fut longue. Il se fit mal aux yeux. Samuelson vint tard. Il y avait eu un barrage sur la route d'Afikim. Les soldats faisaient du zèle. Samuelson dit : « Les Arabes n'ont rien dans la tête, et nous non plus. Qu'est-ce qu'on peut faire ? » Ils chargèrent le camion. Samuelson dit : « Est-ce qu'on en faisait autant, du zèle ? Moi, aux barrages, j'étais coulant. Toi aussi. Tu t'en souviens ? » Il paya Stépan, remonta dans son camion et s'en alla. Stépan se dirigea vers la maison. Le soleil glissait sur les arbres. La chienne dormait sous la véranda. Stépan rangea l'argent, but au robinet, se passa de l'eau sur les yeux et ressortit. Il siffla les trois notes en direction de la chienne, et ce fut comme si elles avaient résonné dans son rêve. Aussitôt elle se dressa, et ils allèrent se promener dans la forêt.

Le garçon les attendait devant la lisière lorsqu'ils revinrent. La chienne, en l'apercevant, trotta vers lui. Stépan continua vers la maison.

Il rentra, but au robinet, et par la fenêtre les aperçut, le garçon et la chienne. Il songea : « Quelle attitude avoir ? » Derrière eux le soleil touchait la cime des arbres et lançait ses flèches contre la vitre, et le garçon caressait la chienne dans cette lumière. Stépan se fit une cigarette devant la fenêtre. Lorsqu'il sortit pour l'allumer, la chienne se dirigeait vers la maison et le garçon avait disparu. Cette nuit-là et pour la première fois, Amghar entra dans son sommeil.

Pendant le mois qui précéda l'automne, Amghar vint irrégulièrement. Un soir, il était là, et un autre non. Parfois il apparaissait au coucher du soleil, puis il s'en allait après que la chienne eut trotté jusqu'à lui pour se faire caresser. Il s'en allait et il se passait quelquefois une semaine avant qu'il ne réapparaisse. Qu'il fût là ou non, lorsqu'il revenait de la baraque, Stépan n'en éprouvait ni plaisir ni déception. Le garçon restait toujours devant la lisière. Parfois, il s'accroupissait et la chienne posait sa tête sur ses genoux. Un soir, un vautour apparut dans le ciel. Il plana et tournoya longtemps. Il faisait des cercles. Tandis que tous les deux l'observaient, Stépan dit, faisant allusion à celui qu'ils avaient déjà vu :

– Tu crois que c'est le même ?

Le garçon répondit :

– Non.

Stépan demanda :

– Qu'est-ce que tu en sais ?

Le vautour fondit en oblique vers la forêt et disparut. Le garçon ne répondit pas. Pour voir le vautour, Stépan s'était levé et avancé au bord de la véranda. Il retourna dans son fauteuil. L'obscurité tombait. Il se fit une cigarette et dit :

– Moi j'aime bien tous les petits bruits du soir, mais toi tu n'arrêtes jamais de parler. À cause de toi, je ne les entends plus.

Malgré l'obscurité qui tombait, Stépan vit le garçon écarter les yeux et se prendre les mains. Le sourire vint ensuite. Stépan demanda :

– Comment est-ce que tu t'appelles ?

– Amghar.

Stépan dit :

– Rentre chez toi, il fait nuit.

Le garçon s'en alla. Stépan l'écouta se frayer un passage parmi les branches basses. La nuit tomba. Le vent courut dans les cimes. La chienne revint de la lisière, grimpa les trois marches, et tandis qu'elle se couchait au pied du fauteuil, Stépan songeait : « Il n'a pas peur de repartir la nuit. » Et comme il avait été occupé à se dire cela, il ne vit pas la chienne flancher sur une patte de derrière en la posant sur la dernière marche. Il fuma un peu, rentra et écrivit à Yankel. Il ne lui parla pas d'Amghar, ni de ses yeux qui lui faisaient mal. Il lui écrivit que les choses allaient bien et qu'il sentait l'automne dans le vent et dans les arbres.

Plus tard, cherchant le sommeil, il pensa au garçon, puis il le chassa en songeant : « Arrête, j'ai assez de monde comme ça, la nuit. Je n'ai pas besoin de lui. » Il se tourna, et par un effort de volonté, empêcha son esprit de s'élever au-dessus de la maison, et de survoler les plaines immenses et la mer aux milliers de bateaux. Sur le moment c'était une bonne idée de se coucher et d'aller ainsi vers la Nouvelle-Zélande, ça lui faisait du bien, mais ensuite il le regrettait, car la tristesse finissait toujours par arriver, et il ne parvenait pas à s'endormir. Il rejeta la couverture à ses pieds et se mit sur le dos. C'était la fin de l'été. Par la fenêtre ouverte, il entendait tous les bruits de la nuit.

L'automne vint. Le soir, le ciel se couvrait. Un soir, il plut. Stépan était assis sous la véranda. Amghar venait de surgir de la forêt lorsque les premières gouttes commencèrent à tomber. Il s'accroupit et la chienne trotta vers lui. Mais à cause de la pluie, elle ne se laissa pas caresser longtemps. Elle revint vers la véranda, grimpa les marches et se coucha. Assis dans son fauteuil, Stépan dit :

– Fais comme elle. Viens !

Amghar s'était redressé et à travers la pluie, Stépan vit qu'il hésitait. Il lui dit :

– Tu n'as pas peur de rentrer la nuit, mais tu as peur de venir jusqu'ici. Pourquoi ?

Il se passa presque une minute. Devant la lisière, Amghar hésitait toujours. La pluie tombait sur lui, la nuit arrivait. Alors soudain il quitta la lisière, s'approcha de la véranda lentement, très lentement et s'arrêta au pied des trois marches, et là aussi la pluie tombait sur lui. Stépan dit :

– Et maintenant, pourquoi tu restes là, qu'est-ce qui t'arrive ? Monte !

Amghar monta les trois marches et s'assit sur la dernière, à l'abri de la pluie. Stépan se fit une cigarette et l'alluma. La chienne se releva et alla se coucher à côté du garçon. En fumant Stépan regarda ses traits et n'y vit rien de gracieux. Il ne l'avait jamais vu d'aussi près. Il lui dit :

– J'ai oublié. Comment est-ce que tu t'appelles ?

– Amghar.

Stépan terminait sa cigarette. Il y avait la pluie qui tombait, la chienne et le garçon, il y avait l'odeur de la terre et du thym, et, dans le ciel, la nuit était là. Stépan sentait et voyait tout cela avec dans son dos et dans ses yeux, tout ce que le travail de la journée avait laissé. Et peut-être à cause de cette fatigue, il se sentait aussi indifférent à la présence du garçon, maintenant tout près de lui, que lorsqu'il était devant la lisière. Il en éprouva de la gêne. Comme pour s'excuser il demanda :

– D'où est-ce que tu viens ?

Sans le regarder, le garçon répondit :

– Beit Zera.

Stépan jeta le reste de sa cigarette dans la pluie en disant :

– Dis donc, Beit Zera !

C'était loin, même en coupant par la forêt, et Stépan considérait le garçon avec surprise.

– C'est loin, lui dit-il, et maintenant il fait nuit. Et il pleut. À ta place, je m'en irais.

Amghar tourna la tête vers lui, mais ne dit rien. Il observa un instant la chienne qui s'était endormie. Puis, haussant les épaules avec légèreté, il se leva et s'en alla sous la pluie. Arrivé à la lisière, il courba la tête comme devant un tunnel et entra dans la forêt entre les deux eucalyptus. Pendant un moment Stépan regarda vers les arbres, puis songeant à l'indifférence que le garçon lui inspirait, à nouveau il ressentit de la gêne. Il se dit : « Pourquoi m'en vouloir ? » Il rentra, la chienne le suivit et alla se coucher dans la cuisine, sur la couverture. Dans son lit plus tard, écoutant la pluie, Stépan songea : « Beit Zera, il lui faut au moins une heure. »

Le lendemain, Samuelson lui apporta ses provisions pour le mois, achetées à la coopérative. Il l'aida à les porter dans la maison. Puis après avoir chargé les boîtes façonnées pendant la semaine, ils allèrent s'asseoir sous la véranda et commencèrent à boire. Quand la nuit arriva, ils étaient saouls. Quelque part au loin on entendit une sirène. Dans le silence qui suivit, Samuelson demanda sur un ton d'ironie : « Tu ne te plains pas, ce soir ? » Stépan lui répondit non de la tête. Samuelson lui dit : « Tu t'es fait une raison ? » Stépan lui fit encore non avec la tête. C'est que souvent, pendant ces cuites, Stépan lui disait : « Paye-moi un peu plus les cinquante boîtes, Eran, ou je n'y arriverai pas. » Samuelson se tournait vers lui, levait sa bouteille comme pour trinquer, buvait un coup et répondait : « Je paye les Arabes moins que toi. Eux ne se plaignent pas. » Ensuite ils retombaient dans le silence.

Il arrivait aussi parfois que Samuelson se raconte des choses à lui-même. Il bougeait les lèvres, il écartait les yeux, il avait des reniflements, comme s'il allait sangloter, et alors Stépan se mettait à rire. Samuelson lui lançait avec dépit : « Je suis malheureux. Pourquoi tu ris ? » Stépan disait pour plaisanter : « Je le connais ton malheur, Eran. Tu ne me payes pas assez les cinquante boîtes. Tu t'en veux. Tu es plein de remords. » Samuelson avait bien trop bu pour comprendre qu'il s'agissait d'une plaisanterie. Il répondait sérieusement : « Non c'est pas ça. C'est plus profond. » Il se renfrognait et menaçait de passer la nuit à faire la gueule. Pour lui changer les idées, pour lui faire plaisir, Stépan disait : « Tu te souviens, à Jaffa ? » C'était comme un signal, Samuelson avait un sourire. Il buvait un coup, puis un autre. Ensuite il levait les yeux au ciel, Stépan aussi. Chacun pour soi se rappelait ce jour-là, devant Jaffa, pendant leur service militaire. Ils fouillaient les Arabes à midi. La chaleur montait de la route comme de l'eau chaude dans un bassin. Le soleil les tuait tous. L'officier qui les commandait se tenait sur le bas-côté dans l'herbe brûlée. Même sans bouger il était trempé de sueur. L'un après l'autre, les Arabes s'avançaient vers Stépan et Samuelson qui les fouillaient dans les règles, sinon l'officier leur disait de recommencer. Ils étaient une centaine à attendre leur tour pour entrer dans Jaffa. Soudain un vieillard sortit de la file, s'avança, passa à côté de Stépan et Samuelson sans un regard, sans l'ombre d'une crainte, et s'éloigna. L'officier leva une main et posa l'autre sur son étui à revolver. Stépan et Samuelson, abandonnant les deux qu'ils fouillaient à ce moment-là, se redressèrent, fixèrent un moment le dos du vieillard qui s'en allait sans les craindre, puis éclatèrent de rire, et tous les Arabes qui attendaient leur tour éclatèrent eux aussi d'un rire si extraordinaire qu'il couvrit celui de Stépan et Samuelson. L'officier devint rouge de colère, mais demeura muet. Il faisait trop chaud. Sa main glissa de son étui à revolver et retomba le long de sa jambe, vaincue non par un ennemi puissant, mais par le soleil.

Voilà ce qui s'était passé devant Jaffa tandis que le soleil les tuait tous, un sacré fou rire qui avait traversé le temps et qu'ils entendaient encore.

Cette nuit-là, l'alcool ne réveilla pas les malheurs de Samuelson. Il n'avait pas les petits reniflements qui ressemblaient à des sanglots. Il buvait assis sur la dernière des trois marches de la véranda, là où la veille Amghar était venu pour se protéger de la pluie. Cette nuit-là Samuelson buvait tranquillement, tourné vers la forêt. Stépan n'éprouvait pas le besoin de lui dire qu'un garçon arabe lui rendait visite. Samuelson soudain, en se tournant pour saisir une bouteille de bière, croisa le regard de Stépan, et Stépan bien que n'ayant pas cette nuit-là à lui remonter le moral, voulut lui faire plaisir quand même : « Tu te souviens à Jaffa ? »

À présent, Amghar quittait de lui-même la lisière et venait s'asseoir sur les marches de la véranda. Il n'attendait pas que Stépan le lui ait dit. En réalité ce n'était pas entièrement de lui-même qu'il venait. Lorsque Stépan et la chienne rentraient de la baraque le soir, celle-ci trottait vers lui en l'apercevant devant la lisière. Il la caressait un moment. Puis elle se dirigeait vers la véranda et s'y couchait, et Amghar la suivait et s'asseyait à côté d'elle. Stépan pendant ce temps buvait au robinet et se passait de l'eau sur les yeux, puis il ressortait. Un soir, il n'alla pas jusqu'au fauteuil, il n'alla pas plus loin que la porte, il posa une épaule contre le montant, observa un moment Amghar, et il lui dit :

– Pourquoi tu viens ? Les Arabes ont peur des chiens.

Amghar ne lui répondit pas, il baissa la tête. La question demeura suspendue dans l'air nocturne.

Stépan leva les yeux, et par malchance ce soir-là, posa son regard sur les nuages qui couraient en altitude, et là où ils allaient, il vit la terre lointaine et inaccessible. Son cœur se serra. Il fut pris soudain d'une impression de solitude sans début, sans fin, d'un sentiment de souffrance pire que le chagrin, qui lui fit crier un son sauvage et éperdu que lui seul connaissait et entendait. C'est ce cri qui l'avait si souvent laissé sans force et sans espoir, des années auparavant lorsque, fuyant la justice et l'homme qu'il avait tué, Yankel était parti en Nouvelle-Zélande, sur l'île du Nord. Ce cri qu'il pensait enfoui, endormi, voilà qu'il rejaillissait, nourri ce soir-là par la présence du garçon et l'indifférence qu'il lui portait. Comme si cette présence à cet instant, disait irrémédiablement que Yankel n'était pas là.

Cette souffrance, il savait que rien à ce moment-là, pas même la chienne, l'espoir ou le courage, ne pouvait l'atténuer. Il ne pouvait pas non plus imaginer que cette nuit, demain ou les jours suivants, elle s'en irait. Il était là, ne pouvant plus bouger, regardant toujours les nuages si hauts et si rapides dans le ciel qu'ils survoleraient bientôt la mer aux milliers de bateaux avec leur sillage blanc qui s'en allaient tous vers là où lui ne pouvait aller. Et comme il ne bougeait pas de peur de chanceler, il se couvrit d'un manteau en plâtre qui lui enserra la poitrine, et il resta adossé à la porte, et s'y trouvait encore lorsque le garçon s'en alla après un léger signe qu'il entrevit mais auquel il ne répondit pas, et rentra bien après que la forêt l'eut caché.

Il mangea à peine et ne put écrire à Yankel. Assis à la table, son manteau en plâtre commençant à s'émietter, il ne réussit qu'à faire venir la chienne près de lui, et il se pencha et la caressa longtemps, longtemps, et sans pouvoir s'arrêter il sanglota sur lui, et sur les Arabes qu'il haïssait.

Tandis qu'il façonnait les boîtes le lendemain, il sentait encore dans le creux de ses yeux comme une marque. La nuit les avait lavés, mais pas assez longtemps. Ses mains travaillaient, la chienne dormait derrière lui contre la porte de la baraque. Ses mains faisaient si peu de bruit qu'il l'entendait respirer dans son dos. En venant tout à l'heure, elle avait trébuché sur les marches de la véranda et il s'était moqué d'elle, mais avec une arrière-pensée qu'il oublia vite. Ses mains travaillaient et il dit à mi-voix : « Hier soir, Yankel, j'ai perdu espoir, mais ce matin, ça va mieux. » Il calcula l'heure qu'il était là-bas, sur l'île du Nord. Puis il dit encore, à mi-voix : « Je crois que ça va mieux. » Occupé ce matin à parler à Yankel, il avait oublié d'envoyer Samuelson en enfer.

Il façonna une centaine de boîtes et sortit. Il fit attention en enjambant la chienne à ne pas la réveiller. Il s'adossa au mur de la baraque et fuma. Le ciel était gris. Le soleil se levait derrière un paravent. Pas un seul oiseau ne volait sous l'immense nuage. L'herbe autour de la baraque séchait. Des insectes brillants passaient à hauteur de ses yeux. Il fumait, semblant s'intéresser aux insectes, mais c'est à la veille au soir qu'il pensait, à la solitude et à ce vide qui l'avaient laissé sans force. Il songeait : « Si ça revient, comment le supporter. » Il pensa au garçon. Il se souvint de son geste léger au moment de s'en aller, et auquel il n'avait pas répondu. Il en eut pendant une seconde, un remords encore plus léger que le geste du garçon lui-même. Il jeta un œil vers le ciel parce qu'il avait entendu le bourdonnement d'un avion. Tout en fixant le ciel, il regretta que ce ne fût pas aujourd'hui le jour de boire avec Samuelson.

Il finit sa cigarette et retourna dans la baraque. Il se remit au travail et empêcha son imagination de survoler la mer et de dépasser les milliers de bateaux et leurs sillages blancs. Il craignait de réveiller son désespoir de la veille en s'en allant ce matin vers l'île du Nord. Alors il se rappela les deux années passées à l'armée avec Samuelson dans la vaste tente verte, plantée au milieu d'une dizaine d'autres. Les premières semaines, ils s'étaient croisés. Ils échangeaient parfois un mot. Au hasard de la feuille de service, ils patrouillaient ensemble. Mais après leur fou rire devant Jaffa, lorsque le vieillard épuisé d'attendre sous le soleil avait quitté la file, était passé devant eux en emmenant avec lui, comme une traîne, leur rire et celui extraordinaire de la centaine d'Arabes qui attendaient, après cela donc et le soir même, ils installèrent leurs lits côte à côte.

Il se rappelait la route le long des remparts lorsqu'ils allaient les dimanches de permission chez les parents de Samuelson. Ils suspendaient leurs armes à une patère dans l'entrée et mangeaient du poisson au court-bouillon. Un dimanche, alors qu'ils s'habillaient sous la tente, Stépan dit : « C'est toi qu'ils ont envie de voir, Eran. Pas moi. Cette fois vas-y tout seul. » Samuelson répondit : « Tu te trompes. Viens ! » La mère de Samuelson les embrassait tous les deux avec la même affection. Son jeune frère, Froïm, suivait chacun de leurs mouvements avec le même regard. Son père était un Juif polonais. Il mangeait seul avant tout le monde, dehors, sous le figuier, impassible, silencieux, et tous ses gestes étaient ceux d'un homme incroyablement fort. Le soir, il lisait à la lumière d'une ampoule suspendue dans le figuier. Quand Stépan et Samuelson s'en allaient, il se levait, leur serrait la main, et leur murmurait : « Faites attention. » Il se rappela qu'une nuit, dans la tente, couché sur le dos, Samuelson avait dit, ou plutôt murmuré pour n'être entendu que par Stépan : « Je ne sais pas pourquoi j'ai eu peur, aujourd'hui. » Ce jour-là, ils avaient patrouillé autour de la station d'autobus, et rien de particulier n'était arrivé.

Il se rappela tant de choses que la matinée passa comme une heure, et lorsqu'il sortit de la baraque, son désespoir de la veille lui sembla loin. Il réveilla la chienne, et en allant vers la maison pour déjeuner, il scruta le ciel. Il y vit le même immense nuage, mais pas la pluie. Après le travail de l'après-midi, ils allèrent se promener dans la forêt.

La chienne ne semblait vivre que pour cela. Elle entrait dans la forêt comme dans un paradis. Ils prenaient le chemin principal, celui par lequel Amghar venait, et le suivaient, mais pas longtemps. Puis la chienne partait à gauche ou à droite dans l'un des sentiers qu'elle avait tracés au fil des années parmi les fougères et les grandes élobes, entre les pins rouges et les eucalyptus. Elle courait tout le temps, partait devant et revenait vers Stépan, sans arrêt, parcourant bien plus de distance que lui. Elle finissait toujours par l'amener au pied du pin dont les racines tordues formaient un abreuvoir naturel, un peu plus grand que l'intérieur d'un bol, et qui conservait pendant plusieurs jours l'eau de pluie. C'est toujours là que leur promenade s'arrêtait. La chienne buvait comme si elle n'avait jamais bu de sa vie. Comme si, en entrant dans la forêt et en suivant les sentiers qu'elle s'était tracés, son seul but était de venir boire dans les racines de ce pin. Souvent en été l'abreuvoir était vide. La chienne s'asseyait et clignait des yeux comme devant un mystère. Mais en automne, il était toujours plein.

Il faisait presque nuit lorsqu'ils y arrivèrent. Elle but, se coucha un moment, puis ils s'en allèrent. Stépan savait que le garçon ne viendrait pas ce soir. Cependant il avait une crainte et il était aux aguets. C'est sa présence la veille sur la véranda qui avait révélé à quel point Yankel n'était pas là, et avait fait rejaillir en lui ce cri éperdu. En sorte qu'il demeura aux aguets en marchant entre les fougères et les élobes, et lorsqu'il s'approcha ensuite de la lisière, son regard perça l'obscurité vers les deux eucalyptus, là où le garçon surgissait d'habitude. Ils rentrèrent, et il écrivit à Yankel. Il lui parla de la chienne, de l'abreuvoir et de l'automne. « Si tu voyais comme elle est, quand il n'y a pas d'eau. Dis-moi ce qu'elle peut comprendre aux saisons. »

Amghar revint plusieurs jours après. Stépan l'aperçut par la fenêtre tandis qu'il préparait son repas. Le soir tombait. À cause de la lumière électrique derrière lui et de ses yeux fatigués, il le distinguait à peine. La chienne trotta vers lui, il la caressa un moment, puis ils s'approchèrent tous les deux de la maison et disparurent à sa vue. Il continua à préparer son repas, et mangea debout devant la fenêtre. Bientôt la forêt s'obscurcit complètement et devint un mur sombre. Tout le temps qu'il mangea, Stépan se demanda comment faire avec le garçon. Il ne craignait pas ce soir que revienne le désespoir sans fin de l'autre soir, car les jours avaient passé, et il se sentait sûr de lui. Mais de nouveau il se demandait quelle attitude avoir, étant donné que le garçon ne lui inspirait toujours rien d'autre qu'un peu de curiosité. Lorsqu'il sortit pour se faire une cigarette, Amghar au même moment se levait de la dernière marche pour s'en aller. À ses pieds, la chienne dormait la tête posée entre ses pattes. Stépan passa à côté d'eux et dit en s'asseyant dans son fauteuil :

– Tu ne m'as pas encore répondu. Est-ce que tu t'en souviens ?

Une lueur d'inquiétude traversa le regard du garçon, ses traits disgracieux se tendirent, et Stépan demanda :

– Pourquoi tu viens ?

Mais les mots étaient sortis de sa bouche en même temps qu'il apercevait cette lueur d'inquiétude, et ne pouvant les effacer, il dit d'une voix apaisante :

– Je sais pourquoi tu viens. Tu l'aimes bien.

Amghar, toujours debout sur une marche, baissa les yeux. Stépan se fit sa cigarette, se l'alluma et dit en posant le regard sur la chienne et cherchant encore à apaiser l'inquiétude du garçon :

– Je le sais, pourquoi. Ne t'en fais pas. Si tu veux, demain viens plus tôt. Vous irez dans la forêt.

Ses traits à présent radoucis, Amghar considérait Stépan avec soulagement. Stépan continua à fumer et dit :

– Ou si tu veux on continuera nos longues discussions.

Amghar eut un sourire, puis se pencha, caressa la chienne, se redressa, et après un moment d'hésitation, fit à Stépan un léger signe. Stépan lui répondit d'un hochement de tête, et le garçon s'éloigna vers la forêt.

Stépan finit sa cigarette et ferma les yeux. Il entendit la chienne se lever et venir se recoucher au pied du fauteuil. Il garda les yeux fermés jusqu'à ce que le vent qu'il perçut d'abord dans la cime des arbres se faufile sur la véranda en portant avec lui l'odeur du thym. Alors il rentra, la chienne le suivit et alla sur sa couverture, et lui il s'assit à la table. Le regard fixe, les mains jointes derrière la nuque, il demeura un moment à se demander s'il avait bien fait de dire au garçon d'aller dans la forêt avec la chienne. Puis il alla se coucher et n'y pensa plus.

Il l'avait presque oublié lorsque Amghar revint deux jours plus tard et s'arrêta entre la lisière et la véranda. La chienne trotta vers lui. Il la caressa puis fixa Stépan d'un regard interrogateur et presque plaintif, jusqu'à ce que Stépan debout près de la porte lui demande :

– Qu'est-ce qui t'arrive ?

Amghar se fendit d'un sourire plein de gêne. Au moment où, impatient et excédé par son silence Stépan allait lui dire de parler, d'ouvrir la bouche, il se rappela heureusement son idée. Il lui dit :

– Retourne vers la forêt et appelle-la. Ensuite laisse-la passer devant. N'aie pas peur, elle sait où elle va. Tu verras.

Amghar retourna sur ses pas jusqu'à la lisière et se tourna vers la chienne. Stépan lui dit :

– Fais comme ça.

Il lui siffla les trois notes. La chienne pensant que Stépan l'appelait, se dirigea vers la véranda. De la main, il lui fit signe de s'arrêter, et au garçon, il dit :

– Fais comme moi. Siffle. C'est son nom depuis longtemps.

Amghar siffla trois notes, maladroitement, et la chienne trotta vers lui, le dépassa et entra dans la forêt. Il partit dans ses pas. Les fougères et les grandes élobes se refermèrent. Lorsqu'ils revinrent, la nuit tombait. Stépan les attendait, assis dans son fauteuil. Ils s'approchèrent, éclairés par la lumière de la lune. Stépan demanda :

– Elle avait soif ?

Amghar écarquilla les yeux d'étonnement, et fit oui de la tête. Stépan attendit un instant, et à nouveau demanda d'une voix qui se durcit :

– Est-ce qu'elle avait soif ? Dis-moi ça au moins.

Amghar parla d'une voix si basse qu'au moindre coup de vent, Stépan ne l'aurait pas entendu :

– Oui.

Stépan respira profondément, et dit :

– Il fait nuit. Rentre chez toi.

Amghar s'en alla. La chienne grimpa les marches et vint se coucher près du fauteuil. Pour la première fois depuis longtemps, Stépan refit en pensée le trajet jusqu'à Beit Zera. Cela lui prit du temps, même en pensée, car il devait s'arrêter à certains endroits de la forêt, sa mémoire le trompait et il n'était plus sûr de lui. Mais une fois sorti de la forêt et traversé le champ de terre, se dressait la prise d'eau en béton surmontée de tuiles, et passant devant, la route nationale. Tout au bout Beit Zera lui apparut. Il la vit, éclairée au loin, et ce n'est pas l'imagination qui lui manqua pour y aller, mais le courage.

Il écrivit ce soir-là à Yankel, qu'un jour ou l'autre, il irait à Beit Zera par la forêt, et qu'en passant devant la prise d'eau, il n'oublierait pas d'écouter l'eau mystérieuse couler à l'intérieur. Il écrivit : « Tu te souviens, toi, comme tu l'écoutais ? » Soudain il s'arrêta d'écrire et posa ses deux mains sur la table. Il eut un sourire et se moqua de lui-même : « Même en imagination, le courage me manque pour y aller. Alors pourquoi mentir. » Il prit une autre feuille et parla d'autre chose.

Octobre vint. La lumière changeait. Quand Stépan rentrait de la baraque avec la chienne, le ciel orangé tombait déjà sur la forêt. Le vent sautait de branche en branche. La nuit, il tournait autour de la maison comme un renard. Dans la forêt les élobes perdaient leurs pétales et les feuilles des arbres en tombant les recouvraient. Mais la température restait bonne et l'abreuvoir au pied du pin était toujours plein.

Le premier lundi, Samuelson gara son camion devant la baraque. Il aida Stépan à porter les provisions dans la maison. Ils chargèrent ensuite les boîtes de la semaine, et comme la température était bonne, ils restèrent dehors sous la véranda. Samuelson avait apporté un poisson farci. Ils mangèrent, Samuelson assis sur la dernière des trois marches, et Stépan dans son fauteuil. Ensuite ils commencèrent à boire. Jusqu'à ce que la nuit arrive, Stépan ne but pas de bon cœur. Il surveillait la lisière. Il se demandait quoi dire à Samuelson si le garçon venait à surgir maintenant entre les deux eucalyptus. Lorsque l'obscurité tomba, Stépan fut soulagé. Il but avec plaisir. Ils trinquèrent plus d'une fois. La nuit était bien avancée. La chienne rentra dans la maison. Samuelson tout d'un coup commença à parler, puis s'arrêta. Il leva son verre et son regard vers le ciel et se mit à gémir, et Stépan leva lui aussi les yeux au ciel, et en riant demanda : « Pourquoi tu regardes là-haut ? » Samuelson ne lui répondit pas et continua de gémir. Maintenant Stépan riait tant que Samuelson lui lança : « Et toi, pourquoi tu m'accables ? Est-ce qu'un jour tu ne te moqueras plus de mes malheurs ? » Stépan, n'en pouvant plus de rire, lança : « Eran, je t'aime bien. De quel malheur parles-tu ? » Et tout de suite après pour lui faire plaisir : « Tu te souviens devant Jaffa ? » Samuelson répondit sans cesser de gémir : « Oui je m'en souviens. » Il posa son verre, se leva, descendit les marches et s'éloigna en titubant. Il s'arrêta à mi-chemin entre la lisière et la véranda, et en urinant il dit : « Et toi, mon père, tu t'en souviens ? » Stépan répondit : « Et comment ! » Samuelson, toujours tourné vers la lisière, se mit ensuite à parler d'une manière si confuse que Stépan lui dit plusieurs fois qu'il ne comprenait rien. Mais Samuelson ne l'entendait pas, il continuait à parler et ce qu'il disait n'avait ni queue ni tête, et bientôt les sanglots se mêlèrent à ce flot confus. Stépan avait renoncé à le comprendre, et il riait tellement à présent, que les larmes coulaient.

Samuelson s'arrêta soudain de parler et de sangloter. Il se retourna, pencha d'un côté, puis il fléchit sur ses jambes et tomba sur les genoux. Stépan, lui, riait encore, mais avec un pressentiment, qu'il mit d'abord en cessant tout doucement de rire, sur le compte de l'alcool. Ensuite soudain il sut que ce qu'il voyait, il l'avait déjà vu. Seulement il ne se rappelait ni où ni quand. Entre la lisière et la véranda, Samuelson à genoux dans l'herbe était secoué de sanglots muets, et Stépan, qui ne riait plus du tout, se leva poussé par ce pressentiment, descendit les marches, s'approcha de Samuelson, s'agenouilla et le prit dans ses bras. C'est ainsi, en sentant contre lui sa poitrine agitée de sanglots qu'il se le rappela. C'était pendant leur service militaire.

Ce dimanche-là, la mère de Samuelson avait posé le poisson au court-bouillon sur la table. Son jeune frère Froïm baissait la tête. Il semblait réfléchir. Sa mère le servit mais il se leva et, se dirigeant vers son père assis sous le figuier dehors, sortit de sa poche une page de magazine qu'il déplia et tendit. Son père jeta d'abord un regard à Froïm, puis il saisit la page et l'examina, et depuis la cuisine, par la porte ouverte, Samuelson, sa mère et Stépan apercevaient vaguement une photographie. Et à nouveau il jeta un regard à Froïm. Il se pencha en arrière sur sa chaise, replia le papier et dit avec calme : « Il creuse un trou, et alors ! » Froïm ne bougeait pas. Son père esquissa le geste de lui rendre la photographie, mais la garda, puis sans regarder Froïm se mit à rire tout bas, et il dit : « Parce que toi tu penses que c'est vrai ce qu'ils ont écrit, qu'ils lui font creuser sa tombe. » Son rire s'en alla, sa voix se fit légère : « Non, mon garçon, ne crois pas ça, ne rentre pas dans la vie en pensant qu'une chose pareille est arrivée. Des choses il s'en est passé, comment dire le contraire. Je mentirais. Mais pas celle-ci, non. Personne ne peut demander à un homme de creuser sa tombe. C'est comme si on le tuait à chaque coup de pelle qu'il donne, tu comprends. » Il secoua la tête. Il chercha le regard de Froïm. « Regarde-moi. C'est comme s'il mourait chaque fois qu'il enfonce sa pelle, et combien de fois il faut l'enfoncer pour creuser un trou pareil. » Il se tourna vers la cuisine et leur montra à tous la page de magazine toujours repliée comme s'ils avaient pu voir à travers, et dit à Froïm : « Demande-leur, à eux. Des trous, ils en creusent à l'armée. Demande-leur combien de coups de pelle il faut donner pour faire ce genre de trou. » Froïm ne regarda ni Stépan ni Samuelson. Son père se leva et s'adressa à Samuelson d'une voix qui commençait à fléchir : « Dis à ton frère, Eran, combien il en faut. » Et comme Samuelson, le regard cherchant où aller, ne répondait pas, il s'adressa à Stépan : « Toi aussi, Stépan, dis-lui. » Son regard était suppliant. « Qu'est-ce que vous avez, pourquoi vous ne lui répondez pas ? Aidez-moi tous les deux. » Et tandis qu'il continuait de les interroger, il reculait en tenant toujours la photographie, et bientôt il fut sur la route, et de là-bas il lança : « Pourquoi vous ne lui dites pas ? » Une voiture passa et l'évita. La mère de Samuelson se tenait immobile, les deux mains sur la bouche. Samuelson avait baissé la tête. Stépan, lui, ne quittait pas des yeux cet homme immense, ce grand Juif silencieux, qui continuait de les supplier depuis la route, de dire à Froïm combien de fois il faut enfoncer la pelle pour creuser une tombe. Puis il se tut soudain, et Stépan le vit se courber et poser un genou sur la route, vaincu et secoué de sanglots. La mère de Samuelson gémit à travers ses mains : « Eran ! » Samuelson releva la tête, regarda vers la route, et alors se leva, se rua hors de la cuisine, passa sous le figuier, et en un instant il fut sur la route, à genoux lui aussi, serrant son père dans ses bras.

Devant la lisière, Stépan tint encore un peu Samuelson serré contre lui, et l'aida à se relever. Puis il l'accompagna jusqu'à son camion garé devant la baraque, en posant par moments une main sur sa nuque. Il l'aida à monter dans la cabine où il s'allongea et s'endormit presque aussitôt, et sans avoir dit un mot depuis que Stépan l'avait aidé à se relever, mais en serrant ses mains l'une contre l'autre et les tordant comme si les mots avaient été dedans. Stépan referma la portière en la poussant avec précaution, et tandis qu'il retournait vers la maison il songea avec tristesse à Samuelson. Il se demandait avec quelle amertume il s'en irait demain, son camion cahotant sur les pierres, et lui, Samuelson, accablé que cette cuite-là n'eût pas été comme celles qu'ils aimaient et attendaient, mélancoliques et joyeuses, jamais désespérées. Et passant ensuite devant l'endroit où il avait fléchi sur ses jambes, Stépan lui souhaita de l'oublier.

Sous la véranda il se fit une cigarette et s'assit pour la fumer. L'alcool agissait encore sur ses gestes, mais son regard et son esprit fixaient les ténèbres avec une si grande lucidité, qu'il percevait tous les mouvements de la nuit, dans les arbres et dans l'air, comme si une lumière ou un doigt invisible les montraient. Mais puisqu'il avait dans son dos sa maison et tout ce qu'elle contenait, et que la chienne dormait à l'intérieur sur sa couverture, il ne ressentait aucune frayeur devant ces ténèbres. Finissant sa cigarette, il songea pour la millième fois que si Dieu avait existé, Il n'aurait pas fait des nuits pareilles. Il aurait toujours laissé briller quelque chose de plus fiable que la lune, qui ne sert à rien quand le ciel est si couvert. Pour la millième fois il mesura combien cette chose avait manqué à Yankel la nuit où, dix longues années auparavant, il était revenu à la maison pour sa première permission, et où après avoir laissé les lumières de Beit Zera derrière lui, il allait sur la route au-devant d'Hassan Gabai qui rentrait aussi chez lui.

Hassan Gabai travaillait à la fabrique de ciment. Un monte-charge s'était bloqué au milieu de l'après-midi. Comme le réparer lui avait pris du temps, il quitta la fabrique plus tard que d'habitude et n'espéra plus arriver avant la nuit, mais au moins avant la pluie. Les nuages venaient de Tibériade, et là-bas, au-dessus de Beit Zera, ils roulaient sur eux-mêmes comme une houle violette. C'est vers eux qu'il allait, en tenant son sac contre sa hanche afin qu'il ne frotte pas sa veste et l'abîme. Au bout d'un moment il sut qu'il n'arriverait ni avant la nuit, ni avant la pluie. Alors il cessa de s'en faire. Il marcha moins vite, reprit son souffle, et comme il attendait un fils, c'est à lui qu'il pensa. Il se dit : « Pourquoi je n'aurais pas une idée, ce soir. J'ai du temps. Si j'en profitais. » Il y avait des mois qu'ils cherchaient un nom parmi la liste que sa femme et lui avaient dressée.

Avant de se les énumérer, et voyant arriver la pluie, il imagina lui dire plus tard : « Il pleuvait le jour où j'ai trouvé comment t'appeler. » Mais aussitôt il fut pris d'un doute. Ça ne lui sembla pas important de lui dire une chose pareille. Il songea : « La pluie, tu parles, c'est courant. » Il leva les yeux sur les nuages qui roulaient et montaient, éclairés par les lumières de Beit Zera. Il imagina alors : « J'étais sous une tempête le jour où j'ai trouvé comment t'appeler. » De joie il frappa dans ses mains. « Ha, ha, ha ! » Il se mit à rire à voix haute, puis se redit cette phrase afin de ne pas l'oublier.

Alors que l'obscurité tombait, il commença à s'énumérer les noms de la liste. Il les avait si souvent lus qu'il n'en oublia pas un. Il les essaya à mi-voix, les uns après les autres, pour voir comment ils sonnaient dehors, sans personne autour de lui, dans le silence, et la nuit qui arrivait. Puis il dit tout haut la phrase à propos de la tempête, elle aussi pour l'essayer. Alors à nouveau, de joie : « Ha, ha, ha ! » Il avançait sur un bord de la route, et devant lui, là-bas, les nuages violets roulaient sur eux-mêmes. La route et les champs de terre commençaient à se fondre dans les ténèbres. La masse sombre de la forêt lui apparut. Le sac qu'il tenait contre sa hanche contenait ses vêtements de travail, les restes de son repas de midi, et une lampe torche pour les soirs, comme ce soir, où il rentrait tard.

Est-ce qu'il trouva un nom dans la liste qu'il avait dressée avec sa femme, et qui l'entendit ? S'il le trouva et l'essaya à haute voix, il ne resta dans l'air que le temps d'être prononcé, et ne fut plus jamais dit par lui. Car Hassan eut soudain le souffle coupé en percevant des pas, et en distinguant une forme à peine plus sombre que la nuit, et tandis qu'il sortait la lampe de son sac, il entendit une voix que la peur tordait. Elle lui ordonnait de ne plus bouger et de s'arrêter. Mais Hassan continua d'avancer pour se montrer, et tendit la lampe. En vain il essaya de l'allumer, et la voix devant lui se déforma tellement qu'il en eut des frissons qui l'empêchèrent de dire qu'il était Hassan Gabai et travaillait à la fabrique de ciment. Il frappa désespérément sur la lampe torche.

Il y eut un fracas qui sembla monter et redescendre, comme s'il résonnait entre les parois de deux montagnes. Quand l'écho disparut, Yankel laissa tomber son fusil sur la route. Sa voix tordue par la peur reflua dans sa gorge. Il voulut retourner sur ses pas et s'enfuir. Mais il avança vers cette forme inerte, des frémissements plein les jambes, comme s'il allait au-devant d'un trou vertigineux. Il s'approcha de l'homme étendu, un bras sous lui, et l'autre qui formait un arc. Une main reposait sur la route, tenant encore la lampe torche.

Yankel courut sur la route nationale et entra dans le champ de terre à l'endroit de la prise d'eau en béton surmontée de tuiles. Il traversa le champ en trébuchant sur les mottes. Il lui semblait qu'il entendait encore le coup de feu résonner là-bas au-dessus de la route. Il tomba et se releva. Il reprit sa course et tomba à nouveau. Devant lui se dressa la forêt de pins rouges et d'eucalyptus. Il y entra sans s'arrêter de courir, et l'odeur familière de la forêt, au lieu de l'apaiser, le fit gémir de désespoir. Il courut longtemps tout le long du chemin bordé d'élobes, et gémissait encore lorsqu'il émergea de la forêt comme d'une eau profonde.

Dehors sous la véranda, Stépan pensa qu'on le poursuivait. Il sauta les trois marches et se précipita à sa rencontre. Yankel éclata en sanglots et agrippa son père avec une force que Stépan ne lui connaissait pas. Ils restèrent ainsi un long moment. Et tandis que, doucement, patiemment, il l'emmenait vers la maison et l'ampoule qui brillait sous la véranda, Stépan, au lieu de se sentir rassuré, eut l'impression au contraire qu'ils s'en allaient en laissant quelque chose derrière eux.

Ils s'assirent dehors sur les marches. Yankel cherchait du regard un point qui semblait tout le temps s'enfuir, et il tordait ses mains. Stépan les prit dans les siennes et les serra. Il attendit, puis dans un murmure, lui demanda de parler. Yankel le fixa avec tant de douleur que Stépan détourna les yeux et serra encore plus fort ses mains dans les siennes. Ils restèrent ainsi, un temps que Stépan, patient, ne compta plus. Il y eut des bruits dans la forêt. La nuit était profonde. Puis, comme la pluie qui commence, une goutte, et une autre, Yankel commença à parler.

Stépan l'écoutait et sa tête lui tournait, parce que ces mots qui lui entraient dans le cœur étaient les siens. C'étaient ses propres mots jamais prononcés à haute voix qu'il entendait de la bouche même de son fils, tandis que l'ampoule au-dessus d'eux se balançait.

Yankel parlait bas, et ses mains toujours dans celles de son père étaient comme deux animaux peureux. Il murmurait, mais sa voix vibrait. Voilà ce qu'il murmurait et que Stépan savait déjà : il s'endormait chaque soir avec tous ceux qu'il avait arrêtés et fouillés, dans la rue, aux barrages. Il emportait dans son sommeil leurs regards indiciblement vides, dissimulant leur haine. Et au réveil il avait peur de tous ces hommes et les haïssait comme eux le haïssaient. Cette peur grandissait chaque nuit, mais lorsqu'il fouillait un Arabe qui avait l'âge d'être son père, il essayait d'imprimer sur lui avec ses mains, le désir qu'il avait de ne pas l'humilier, et en remontant le long du corps avec tout ce qu'il pouvait de précaution, il attendait de lui un geste, une chose impossible, il attendait de voir dans son regard une lueur de reconnaissance. Mais son regard demeurait indiciblement vide et plus tard dans son sommeil devenait meurtrier et haineux. C'est cet homme-là qu'il avait tué sur la route, croyant voir une arme dans sa main. C'est sur cet homme-là et tous les hommes aux regards vides qui peuplaient ses nuits, qu'il avait tiré.

Puis Yankel se tut avec une telle expression de désarroi qu'on aurait dit qu'il ne parlerait plus jamais. Stépan ne dit pas un mot non plus, ne demanda rien. Il demeura assis devant Yankel peut-être aussi longtemps que Yankel avait parlé. Puis il l'aida à se lever, l'accompagna dans sa chambre, où il attendit qu'il fût couché pour lui demander dans un souffle, où était son fusil.

Il n'y eut ni pluie ni tempête cette nuit-là. Mais en altitude le vent souffla. Vers le milieu de la nuit, les nuages s'en allèrent vers l'est. Des étoiles apparurent au-dessus de Beit Zera. Sur la route nationale deux voitures passèrent à côté du corps d'Hassan. Une heure après un chien s'approcha, s'assit, attendit un moment et s'en alla. Dans le ciel, les étoiles de plus en plus nombreuses reformèrent les constellations. Des hirondelles se réveillèrent, et une à une s'envolèrent des fils électriques où elles avaient dormi. L'aube se levait, l'horizon bleuissait. Lorsque Stépan sortit de la forêt, ses poumons le brûlaient d'avoir si longtemps couru. Il aperçut une nuée d'hirondelles voler en rasant le sol. Il entra dans le champ de terre, le traversa et s'accroupit derrière la prise d'eau surmontée de tuiles. Sur la route, là-bas, une voiture était arrêtée. Trois hommes se tenaient penchés et immobiles au-dessus du corps d'Hassan Gabai. L'un d'eux tenait le fusil dans une main.

Yankel se cacha dans la forêt. On identifia son fusil, son régiment, sa compagnie. La police vint. Pendant deux jours on le chercha dans la forêt. Il se cachait dans la forêt, mais au fond d'une crevasse. À la tombée de la nuit, Stépan lui apportait de l'eau et de la nourriture. Yankel se hissait hors du trou et ils mangeaient ensemble, au pied d'un arbre. Yankel n'avait pas faim et ne parlait presque pas. Stépan ne le forçait ni à manger ni à parler. Il mangeait et parlait pour deux, il pensait bien faire. Il lui promit plusieurs fois qu'il pouvait à présent dormir ici sous les arbres, plutôt que dans la crevasse, mais Yankel ne le voulait pas. Stépan lui apporta un second sac de couchage et une bâche contre la pluie. Lorsqu'il rentrait, il attendait d'être assez loin de la crevasse et se mettait à pleurer. Une nuit, au moment où Yankel s'apprêtait à descendre pour dormir, il le retint, le fit asseoir et lui parla avec tout le calme qu'il put :

« Ta peur, je l'ai connue, Samuelson aussi. Sous la tente il m'en parlait. J'aurais dû lui répondre. Je gardais tout pour moi. Je n'aurais pas dû. Nous aussi nous avions peur. » Il eut un sourire résigné et se tut. Yankel, en l'écoutant, n'avait pas cessé de bouger nerveusement ses jambes au-dessus du trou. Stépan continua à se taire. Puis il s'appuya sur une main et commença à se lever, mais c'est Yankel cette fois qui le retint. Assis tous les deux au bord de la crevasse, ils attendirent. Au-dessus d'eux dans les branches, le vent de la nuit faisait des bruits de papier. Stépan alors, dans un soupir de délivrance : « Comme j'ai eu peur moi aussi. Je ne suis pas plus fort que toi. »

Une autre fois, Stépan lui parla de sa mère, en ignorant si c'était un bien ou un mal. Il faisait jour lorsqu'il s'en alla. Les jours et les nuits se succédaient. Une nuit, Yankel demanda qui était l'homme qu'il avait tué. Stépan lui répondit qu'il ne connaissait que son nom, et le lui dit.

Samuelson arriva un matin. Il était passé voir Stépan à la gare, ignorant encore ce qui s'était passé sur la route. Il demanda : « Dis-moi, Stépan, ce que je peux faire. » Stépan lui lança un regard plein d'impuissance. Samuelson alors, avec précaution : « Ils te font dire aussi à la gare que tu dois revenir travailler. » Stépan répondit : « Je n'y arriverai pas. Je passe les nuits dans la forêt. Je ne dors plus. » Samuelson murmura alors que personne ne laissait jamais personne en paix.

La police revint. Ils fouillèrent la maison. L'un des policiers s'approcha de Stépan : « Je te comprends. Je ne ferais pas autrement pour mon fils. Mais nous, on ne laissera pas tomber. À ta place, je lui ferais quitter le pays. »

Le soir, en allant dans la forêt retrouver Yankel, Stépan tourna les mots du policier dans sa tête, en y mêlant les siens. Il se disait : « Comment faire et quel pays ? Est-ce que je pourrai vivre sans lui ? » Et ensuite il se disait : « S'il le faut, je le ferai. Mais lui, est-ce qu'il le pourra ? Quitter le pays, sûrement. Mais après ? »

Pour aller jusqu'à la crevasse, il marchait plus d'une heure, sur un sentier au début, ensuite à travers les fougères, au jugé, et les fougères étaient si hautes qu'il lui semblait, les nuits sans lune, nager à l'intérieur. En allant cette nuit-là vers la crevasse, il s'était tellement imaginé Yankel vivant loin d'ici, que lorsqu'il l'aperçut assis au pied de l'arbre, il alla s'accroupir en face de lui, posa les mains sur ses genoux et le fixa l'air heureux, comme s'il revenait d'un pays inconnu et lui avait manqué. Ensuite il se força à manger et parler pour deux. Il se força à garder les yeux ouverts, et en repartant à travers la mer de fougères, une idée lui vint et ne le quitta plus. C'est à Froïm, le frère de Samuelson devenu second capitaine sur un méthanier qu'il pensa.

Lorsqu'il émergea de la forêt, de la brume montait du toit de la véranda, et le soleil à ce moment-là dépassait les cimes. Stépan s'arrêta devant les trois marches comme si elles avaient été une montagne, et demeura immobile, son cœur battant à grands coups, d'espoir et de désespoir. Le soleil lui touchait la nuque. Il grimpa les marches, alla s'asseoir dans la cuisine et posa le front dans ses mains. Il s'endormit et rêva de rivages inconnus et d'un pays lointain couvert de fougères géantes.

Deux semaines avaient passé depuis que Yankel se cachait dans la forêt. Un matin de la troisième semaine, Stépan aperçut par la fenêtre un homme aux yeux noirs devant la maison. Un vélo était couché dans l'herbe à ses pieds. Stépan sortit sous la véranda. L'homme lui dit qu'il était Abad Gabai, le frère d'Hassan Gabai. Il lui dit que le fils qu'il attendait était né. Stépan en se faisant une cigarette pour lui cacher son trouble lui demanda ce qu'il voulait. Abad Gabai dit : « Te demander qui doit payer. » Stépan demanda : « Payer pour quoi ? » L'homme répondit : « Pour le fils de mon frère. Qui va lui donner ce qu'il a besoin ? » Stépan dit : « Va-t'en. » Abad Gabai redressa son vélo et s'en alla. Il revint deux jours après. Stépan entre-temps n'avait pensé qu'à lui. L'homme lui demanda : « Tu as réfléchi ? » Stépan lui lança avec colère : « Et toi, tu as réfléchi ? » L'homme fit un pas en avant. Ses yeux noirs étaient cernés par le manque de sommeil. Stépan songea : « Lui aussi n'y arrive plus. » Sous la véranda Stépan était plus haut de trois marches. L'homme devait lever la tête pour garder son regard dans le sien. Il dit d'une voix très calme : « Ton fils a tué mon frère, qui doit payer, toi ou moi ? Chez nous plus personne ne dort. À la fabrique de ciment on le pleure aussi. Tu sais quel mécanicien il était ? » Stépan dit en clignant les yeux de fatigue : « Tu veux de l'argent. Je n'en ai pas. Ni aujourd'hui ni demain. Mon travail bientôt je ne l'aurai plus, parce que moi aussi j'ai perdu le sommeil. » L'homme au bas de la véranda sembla sourire, ses yeux se fermèrent un instant et il dit : « Réfléchis encore. » Il saisit son vélo, faillit s'en aller, mais demanda : « Dis-moi où dans le monde il y a maintenant un meilleur mécanicien que mon frère ? » Puis il s'en alla en passant derrière la maison. Dès qu'il fut parti, Stépan regarda dans le ciel un vol d'oiseaux qu'il ne reconnut pas.

Samuelson vint un soir et alla avec Stépan jusqu'à la crevasse. Il voulait voir Yankel et l'encourager. Après avoir marché un moment sur le sentier, Stépan demanda : « Froïm, où est-il en ce moment ? » Samuelson lui répondit : « C'est difficile à savoir. » Puis après un moment de réflexion : « La dernière fois que je l'ai su, il était vers Panama. Mais depuis, comment le savoir ? Dans l'Atlantique ou le Pacifique. » Ils marchèrent encore un peu et Samuelson demanda : « Pourquoi ? » Ils sortirent du sentier et entrèrent dans les fougères. Stépan marchait devant. Samuelson le rattrapa, et pour rester à la hauteur de Stépan, se fraya son propre passage entre les fougères. À nouveau il voulut savoir : « Dis-moi, pourquoi ? À quoi est-ce que tu penses ? » Stépan lui demanda d'une voix lente, hésitante, comme s'il avançait un pas vers le vide, quel pouvoir avait Froïm sur son méthanier, et s'il lui arrivait encore de charger à Ashdod.

Puis sans regarder Samuelson, il attendit avec deux espoirs contradictoires. Samuelson lui répondit : « Je vais essayer de savoir. » Ensuite jusqu'à la crevasse ils ne parlèrent plus, et comme s'il avait été seul dans la forêt, Stépan vit le bateau de Froïm quitter le port d'Ashdod en laissant derrière lui un long sillage blanc, si long et si bien tracé qu'il le voyait encore alors que le bateau avait depuis longtemps disparu.

Tous les deux ou trois jours, le matin, après que Stépan était revenu de la crevasse où il avait passé la nuit avec Yankel, Abad Gabai posait son vélo dans l'herbe et attendait aussi longtemps qu'il le fallait que Stépan sorte sur la véranda. Il l'observait d'en bas, en silence. Il ne lui demandait plus s'il avait réfléchi. Il le fixait avec patience. Son regard noir se creusait. Lorsque le soleil n'avait pas encore percé à cause de la brume, il frissonnait dans sa chemise. Tremblant, découragé, Stépan lui disait : « Qu'est-ce que tu veux ? Je t'ai déjà répondu. Va-t'en. J'ai honte pour toi. » Ils se toisaient. L'homme ne détournait pas les yeux. Stépan le regardait avec impuissance. Au bout d'un moment, il rentrait, en laissant derrière lui la porte ouverte. Il s'asseyait à la table et attendait. Lorsqu'il entendait Abad Gabai reprendre son vélo et s'en aller, il croisait les bras sur la table, il posait le front et s'endormait. Ses rêves étaient courts et confus. Il se réveillait le cœur battant et se rendormait. Il rêvait de rivages inconnus et de mains géantes qui soulevaient Yankel au-dessus de la mer. Dans ses rêves, il voyait aussi le visage d'Hassan Gabai à travers le visage de son frère Abad. Il avait comme lui les yeux sombres et cernés, sauf que les siens n'étaient pas menaçants, mais remplis de tristesse.

Samuelson se renseigna. Il alla aux bureaux de la compagnie maritime. Il vint un soir tandis que Stépan préparait le repas pour Yankel. Il entra et alla s'asseoir à la table. Adossé à la gazinière, Stépan se fit une cigarette. Samuelson attendit qu'il commence à fumer et lui dit : « J'ai parlé à Froïm, il était au Cap. Il pense à vous deux. » Stépan hocha la tête avec un sourire et fixa le plancher. Samuelson attendit un instant, et puis : « Ils chargent encore à Ashdod, mais il n'a pas le pouvoir de prendre un passager à bord. Il le fera quand même. Yankel se cachera chez lui, dans sa cabine. Mais Ashdod, c'est pas demain, c'est dans un mois. » Stépan jeta sa cigarette dans l'évier et en s'asseyant en face de Samuelson, il songea : « Pour moi c'est demain. » Il se releva aussitôt, sortit sur la véranda et s'assit sur la dernière marche, devant l'obscurité. Les rivages inconnus, les pays lointains qu'il avait imaginés, venaient de prendre vie, et à présent il en avait peur.

Au bout d'un moment, Samuelson le rejoignit et s'assit à côté de lui. Ils restèrent là à regarder devant eux. Puis Samuelson dit : « Il faut réfléchir encore. » Stépan se tourna. Samuelson dit : « Pour le moment il ne sait pas où ils iront après Ashdod. Il le saura une semaine avant de repartir. Aux bureaux maritimes ils ne le savent pas non plus. Tu dois t'attendre à tout. Ça aussi dis-le à Yankel. » Stépan murmura : « Je suis fatigué, Eran. Je ne sais pas si j'y arriverai. »

La nuit tomba. Samuelson s'en alla. Stépan aussi, un peu après, et au milieu des fougères il se perdit. Il lui fallut revenir jusqu'au sentier et repartir. Devant Yankel assis au pied de l'arbre, il éclata de rire en racontant qu'il s'était perdu. Il s'assit en face de lui, posa les mains sur le sac du repas, et attendit que son rire s'arrête. Puis il fit le geste d'ouvrir le sac pour sortir le repas, et s'arrêta. Il attendit, il chercha le regard de Yankel. Il attendit encore, et se mit à parler d'une voix pleine d'espoir, de désespoir et de franchise, du bateau de Froïm et du port d'Ashdod. La nuit avançait, toute seule, et il parlait avec enthousiasme et chagrin, du grand méthanier de Froïm, de la mer, et d'un pays qu'ils ne connaissaient pas encore, et où il n'aurait plus à se cacher.

Cette nuit-là, Yankel mangea avec appétit. Un long moment après que Stépan se fut tu, il tira le sac à lui et sortit le repas. Puis il interrogea Stépan sur une chose, sur une autre. Comment aller à Ashdod et qui l'y conduirait. Aurait-il le mal de mer. Stépan lui répondait vite, parfois au hasard, mais sans hésiter. Yankel, en l'écoutant, hochait la tête, et soudain pris de fringale, il mangea.

La nuit pencha sur un côté. Les étoiles terminaient leur lent virage. Ils allèrent s'asseoir au bord de la crevasse. En se penchant, Stépan apercevait les deux sacs de couchage et la bâche. Il les regardait avec envie. Il aurait voulu descendre dans la crevasse et dormir. Pour se tenir éveillé il se fit une cigarette. Mais elle avait un goût ferreux et il la jeta. À nouveau Yankel l'interrogea. Ses questions allaient plus loin qu'Ashdod et le bateau de Froïm. Stépan lui répondait. Pour ne pas mentir, il restait vague. Yankel agitait nerveusement ses jambes. Des bouts de terre tombaient dans la crevasse. Stépan posa une main sur sa jambe pour le calmer. Il lui demanda ce qu'il voulait manger la nuit prochaine. Ensuite il l'aida à descendre dans la crevasse et s'en alla. Dans la forêt le besoin de dormir lui fit tourner la tête. Il lui semblait entendre un train roulant sous les fougères. Il craignit de se perdre. Le jour était levé lorsqu'il sortit de la forêt.

Abad Gabai l'attendait, tourné vers la maison. Stépan s'approcha, passa à côté de lui, le faisant sursauter. Il continua vers la maison. Il sentait son regard noir dans le dos. Il monta sur la véranda et rentra. Assis à la table, il attendit. Comme d'habitude, il voulait entendre Abad Gabai s'en aller sur son vélo avant de poser le front sur ses bras et dormir. Il tendait l'oreille, il guettait son départ avec encore plus de rage et d'impatience que les autres fois. Il penchait la tête et fermait les yeux. Le manque de sommeil lui donnait la nausée. Parfois il croyait entendre un bruit. Il rouvrait les yeux et tendait l'oreille, mais il s'était trompé. Plusieurs fois il crut l'entendre s'en aller. À un moment, comme s'il avait renoncé à attendre davantage, il mit les bras sur la table, pencha la tête pour y poser le front, et d'un bond soudain se leva.

À l'instant où Abad Gabai se penchait pour saisir son vélo, Stépan sauta les marches de la véranda et se rua sur lui. Abad tomba le ventre sur le guidon de son vélo, et se mit à crier de douleur. Stépan hurla pour couvrir ses cris et le frappa à coups de pied. Sa haine pour lui était si grande qu'il le frappait de toutes ses forces. Les coups volaient, et Abad se protégeait la tête et implorait en arabe. Puis comme Stépan trébuchait et manquait de tomber, Abad roula sur le côté, parvint à se redresser, et s'enfuit.

Le vélo resta là jusqu'au soir, puis Stépan le porta derrière la maison et le dressa contre le mur de la baraque. Lorsque Samuelson vint quelques jours après, il était encore là. Il interrogea Stépan. Stépan lui parla d'Abad Gabai, de ce qui s'était passé, et il dit : « Rends-moi encore un service, Eran. » Une semaine plus tard, Samuelson lui apporta un revolver et des munitions qu'il avait volés à l'armée.

Stépan prenait le revolver pour aller à la crevasse, mais ne le montrait pas à Yankel. En revenant à l'aube, il sortait de la forêt et s'avançait avec précaution jusqu'à la véranda. Il allait voir ensuite si le vélo était toujours là contre la baraque. En l'apercevant, il se sentait chaque matin un peu plus inquiet.

Depuis qu'il savait qu'il allait partir sur le bateau de Froïm, Yankel mangeait bien. Une nuit, sous la lune orange, il redemanda à Stépan le nom de l'homme qu'il avait tué. Dans un souffle, Stépan le lui redit. Et un moment après, un peu plus fort il lui dit : « Tu as de la chance, il n'a pas encore plu depuis que tu es là. » Yankel fit légèrement oui de la tête. Stépan dit : « S'il pleut ne reste pas en bas. Tends la bâche à un arbre. » À nouveau Yankel fit oui de la tête. Puis il se tourna vers son père, s'en détourna, et d'une voix lente raconta pour la seconde fois comment les choses s'étaient passées sur la route de Beit Zera. Stépan, en l'écoutant, baissait les yeux sur le fond de la crevasse. Dans un creux de la bâche, la lune se reflétait, et elle semblait la remplir d'une eau phosphorescente. Tant que Yankel parla de ce qui s'était passé sur la route, Stépan n'en détacha pas son regard.

Ensuite, en relevant les yeux, il aperçut le visage de Yankel, penché vers le fond de la crevasse. Il lui sembla qu'il fixait aussi cette eau bleutée, alors que cette nuit-là, la lune était orange.

Le méthanier de Froïm remonta l'Atlantique, passa Gibraltar et accosta à Ashdod trois jours après. Le soir même il commença à charger, tandis que dans le camion de Samuelson, Stépan et Yankel, assis l'un à côté de l'autre, regardaient les phares des voitures et écoutaient Samuelson parler de tout, et à une vitesse vertigineuse. Stépan par moments fermait les yeux et bénissait Samuelson.

Au milieu de la nuit ils arrivèrent à Ashdod. Samuelson trouva le port et le méthanier de Froïm. Son pont était éclairé par tant de lumières qu'il ressemblait à une ville construite en hauteur. Samuelson stoppa le moteur et éteignit les phares. Sans un mot il descendit du camion et grimpa l'échelle de coupée. Sur le pont l'attendait Froïm. Samuelson le prit dans ses bras. Ensuite ils allèrent vers l'avant jusqu'à ce que le camion ne fût plus qu'une silhouette au pied du bateau. Ils s'assirent sur la chaîne d'ancre et Froïm parla tout bas, comme si là-bas, dans le camion, ils avaient pu l'entendre. Il dit tout bas que c'est en Nouvelle-Zélande qu'ils allaient.

La nuit était tiède. Les lumières d'Ashdod s'étendaient si loin qu'elles semblaient recouvrir le désert. Samuelson écoutait Froïm lui parler du Cap et de l'Atlantique. De temps en temps il jetait un regard vers le camion. Il attendait de voir en descendre Stépan et Yankel. Puis il cessa de l'attendre. Une heure passa. C'est Froïm qui les vit descendre du camion. Il fit signe à Samuelson, et tous deux se levèrent et quittèrent l'avant. Stépan et Yankel se tenaient sur le quai au pied de l'échelle de coupée. Dans les lumières du méthanier, ils avaient l'air de deux hommes immobiles attendant de partir ensemble.

Sur le pont, Samuelson embrassa Froïm et redescendit l'échelle de coupée au moment où Yankel, lui, la montait. Il portait un sac sur chaque épaule. Samuelson et Yankel se rejoignirent au milieu de la coupée et s'embrassèrent. Puis Yankel reprit sa montée et Samuelson continua de descendre. Lorsqu'il arriva sur le quai, Stépan avait déjà grimpé dans le camion et fixait la coque sombre du méthanier à travers le pare-brise. Il devait regretter pendant des jours de n'avoir pas eu le courage de monter à bord avec Yankel. Il n'avait pas vu la cabine de Froïm. Lorsqu'il essaierait de se l'imaginer, ce seraient les lumières froides d'une ville en miniature qu'il verrait.

Dans le camion il s'endormit. Ils arrivèrent à l'aube. Samuelson se gara devant la baraque en planches et réveilla Stépan. Ils allèrent vers la maison. Stépan ne remarqua pas que le vélo d'Abad Gabai n'était plus là. Samuelson resta dehors sous la véranda. Stépan entra, remplit la cafetière, la posa sur la gazinière et chercha partout où trouver une carte, un livre. Il ne trouva rien. La Nouvelle-Zélande flotta au hasard sur l'océan Pacifique, jusqu'à ce que trois jours plus tard, Samuelson lui apporte une carte.

Ils burent le café sous la véranda. Stépan fuma cigarette sur cigarette. Le jour se levait. Des oiseaux chantaient dans les eucalyptus. Il y eut un souffle de vent. Le soleil passa à travers les arbres et Samuelson s'en alla. Stépan resta la matinée dehors à se rappeler ce qu'il avait dit à Yankel, dans le camion, au pied du méthanier, afin d'avoir l'impression de le lui redire. Puis il retourna dans la maison, à la recherche d'une carte, d'un livre, en vain.

Le soir il alla jusqu'à la crevasse sans savoir pourquoi. N'ayant pas encore remarqué que le vélo d'Abad Gabai n'était plus là, il avait pris le revolver avec lui. Il marcha une heure entre les fougères et les grandes élobes, et alla s'asseoir au bord du trou. Il fit tomber des bouts de terre au fond et attendit de comprendre quelle raison l'avait poussé à venir jusque-là. La lune se levait. Il se souvint qu'une nuit elle avait semblé remplir la bâche d'eau phosphorescente. Des nuages arrivèrent et cachèrent la lune. Il songea : « Je suis encore plus seul à la maison qu'ici. Voilà la raison. » De l'avoir trouvée il se sentit mieux et resta deux longues heures assis au bord de la crevasse.

Au moment où il rentrait, il se mit à pleuvoir de grosses gouttes. Elles étaient peu nombreuses. On aurait dit qu'il n'y en avait pas deux qui tombaient en même temps. Elles faisaient du bruit sur les feuilles des fougères et rebondissaient. Stépan voulut dire à Yankel que c'était une chance pour lui d'avoir évité la pluie pendant qu'il avait habité la crevasse, d'être parti avant. Il pensait avoir assez de force pour plaisanter. Il commença à le dire mais s'arrêta. Il fut pris soudain d'un désespoir sans fin, d'un sentiment de souffrance pire que le chagrin qui lui fit crier un son sauvage, mais muet. Le même qu'il devait crier des années plus tard, lorsque sous la véranda, après avoir demandé à Amghar pourquoi il venait, son regard s'était posé par malchance sur les nuages qui couraient en altitude, vers la terre lointaine et inaccessible.

Cette nuit-là dans la forêt, son désespoir était si grand qu'il crut qu'il perdait la tête. Il pensait qu'il ne retrouverait pas la maison. Puis, comme elle avait commencé, la pluie cessa. Le silence retomba. Dans son désespoir, Stépan sortit le revolver de sa poche, le pointa vers le ciel et tira une seule fois, vers la lune qui était revenue et le terrifiant silence.

Stépan ne retourna plus à la crevasse et Abad Gabai ne revint jamais. Lorsque Stépan cessa d'en avoir peur, il rangea le revolver et les munitions à deux endroits dans la maison où ils devaient rester, presque oubliés, jusqu'à un matin, des années plus tard, où ne supportant plus de voir la chienne souffrir, ils lui apparaîtraient comme deux photographies posées l'une à côté de l'autre.

Au policier qui revint, Stépan dit : « Ce n'est plus la peine de le chercher. J'ai fait ce que tu aurais fait. » Le policier le fixa avec un demi-sourire, avec une sorte de soulagement, comme si c'était de son propre fils qu'il s'agissait.

La première lettre de Yankel arriva. Elle parlait à peine de la traversée, et un peu de l'île du Nord qui est une partie de la Nouvelle-Zélande. Il avait trouvé une chambre dans un quartier du port. La lettre parlait aussi d'Hassan Gabai et de la route de Beit Zera où il avait fait si noir. Stépan en la lisant, songeait : « Comment faire. Comment l'aider d'ici. »

Ce fut ce soir-là pour la première fois qu'il survola des étendues immenses, qu'il vit des plaines, des plateaux et des forêts sans fin, et en survolant la mer, qu'il dépassa par milliers des bateaux avec leurs sillages blancs qui allaient comme lui vers l'île du Nord.

Il perdit son travail à la gare de Beit Zera. Pour envoyer de l'argent à Yankel et payer les traites de la maison, il voulut l'hypothéquer. Samuelson lui dit : « Moi si tu veux, je t'en donne du travail. Tu as de la place dans ta baraque en planches. Tu n'as pas besoin d'outils. » C'est ainsi que Stépan travailla pour Samuelson, qu'il façonna les boîtes qui lui rapportaient très peu d'argent et qui devaient, avec le temps, fatiguer ses yeux, lui faisant craindre de dire un jour en serrant Yankel dans ses bras : « J'ai tué mes yeux pour venir jusqu'ici. À qui ressembles-tu ? » Et ainsi que quelques mois plus tard, Samuelson lui dit après avoir déchargé les provisions achetées à la coopérative et chargé les boîtes façonnées pendant la semaine : « Viens voir. » Et qu'ils firent le tour du camion, et Samuelson dit en ouvrant la portière du passager et en désignant le chiot endormi sur le siège : « Regarde. Je l'ai volé, ils le frappaient. Tu le veux ? »

Tous les soirs, Stépan s'asseyait sous la véranda et d'une seule main soulevait la chienne et la posait sur ses jambes. Ne sachant pas quoi faire de plus que laisser sa main sur elle, il écoutait les bruits monter de la forêt de pins rouges et d'eucalyptus.

Puis après un moment il s'en allait, sur le fond de la nuit, au-dessus de la mer, vers l'île du Nord, et la respiration et les battements de cœur de la chienne à présent endormie l'accompagnaient et le berçaient.

Au bout de quelques mois, elle avait grandi et ne pouvait plus dormir sur lui. Elle dormait au pied du fauteuil. Mais des mois à entendre sa respiration tandis qu'il imaginait l'île du Nord où Yankel travaillait désormais l'avaient définitivement liée à lui.

Il l'appela de trois notes, mais les sifflait rarement. Elle le suivait partout comme une ombre rousse, à part la nuit. La nuit elle dormait dans la cuisine, sur une couverture. Dans la baraque en planches où Stépan façonnait, elle se couchait derrière sa chaise et s'endormait. Mais d'une façon trompeuse ou bien intelligente. Au moindre mouvement de la chaise elle se dressait, allait vers la porte de la baraque et se mettait à danser jusqu'à ce que Stépan vienne l'ouvrir.

Un jour en allant se promener dans la forêt, elle partit dans une direction menant à la crevasse que Stépan craignait de revoir. Il siffla les trois notes pour la retenir, elle dévia mais continua à courir et s'arrêta au pied d'un pin dont les racines tordues formaient un abreuvoir naturel rempli d'eau de pluie. Elle le vida à moitié, puis se coucha et leva les yeux vers Stépan, comme si elle cherchait à savoir s'il était le maître ou la cause de cette eau-là. Suivant les jours et les saisons, il y avait de l'eau entre les racines.

Elle allait partout avec lui tout le long de la journée. Mais au milieu de la nuit, c'est Stépan qui allait vers elle en s'asseyant dans la cuisine, et fumait une cigarette, en proie à un désespoir que la chienne endormie sur la couverture finissait par bercer et rendre humain.

Les jours, les mois passèrent, et les années. Jour après jour Stépan traversa en imagination la moitié du monde et survola les rivages inconnus jusqu'à l'île du Nord. Il façonna des boîtes, il se fatigua les yeux et le soir écrivit à Yankel. La nuit il allait s'asseoir dans la cuisine. Ainsi s'écoulèrent neuf années, et lorsque Amghar surgit un soir de pluie entre les deux eucalyptus, la chienne avait commencé à perdre ses forces.

Octobre avait fini. Amghar vint trois ou quatre fois, ce mois-là. Il attendait devant la maison que Stépan et la chienne reviennent de la baraque en planches. La chienne trottait vers lui et ils allaient dans la forêt. À leur retour Stépan lui demandait s'ils avaient trouvé de l'eau entre les racines. Le garçon souriait ou non. Parfois il disait oui. Il allait ensuite s'asseoir sur les marches de la véranda, et la chienne se couchait à côté de lui.

Les jours baissaient. Le vent du soir n'apportait plus l'odeur du thym. La nuit il sifflait dans les arbres. Il tournoyait et s'en allait jusqu'au lendemain matin. Un matin, en allant à la baraque, la chienne marcha à la hauteur de Stépan au lieu de marcher devant, et à un moment elle trébucha. Et lorsqu'il alla déjeuner, c'est lui qui la réveilla et pas le bruit de sa chaise. Cette nuit-là, assis dans la cuisine, il se tourna vers elle, endormie sur la couverture, et la considéra gentiment, et avec un sourire de tristesse.

Un soir qu'Amghar allait entrer dans la forêt avec elle, Stépan dit :

– Fais attention, elle ne sait pas qu'elle perd ses forces.

Amghar se tourna et le considéra avec méfiance, comme s'il avait menti. Stépan dit plus durement :

– Non, elle ne le sait pas. Mais moi, si.

Le garçon se pencha vers elle pour la caresser, mais n'alla pas jusqu'au bout, comme si en la caressant il avait craint de lui faire mal.

Dans la lettre qu'il fit ce soir-là, Stépan dit aussi à Yankel qu'elle perdait ses forces. Il eut ensuite un instant d'hésitation. Il fut sur le point de parler du garçon. Mais l'indifférence qu'il continuait à lui porter lui fit parler d'autre chose.

Le premier lundi de novembre, Stépan et Samuelson s'habillèrent chaudement afin de rester dehors et boire sous la véranda. Au bout d'un moment Samuelson demanda après avoir regardé autour de lui : « Où est-elle ? » Stépan répondit : « Dedans. Elle a froid. » Ils burent joyeusement et avec mélancolie cette nuit-là. Le froid et le vent, ils les oublièrent. Ils burent avec un peu d'appréhension au début. Chacun pour soi se souvenait combien leur dernière cuite avait été malheureuse. Celle-ci fut comme ils les aimaient.

Au milieu de la nuit, Stépan raccompagna Samuelson jusqu'au camion. Allongé sur les sièges, ce dernier demanda : « Tu te souviens devant Jaffa ? » Stépan dans un éclat de rire répondit : « Je ne suis jamais allé à Jaffa. De quoi tu parles ? » Pris de peur Samuelson se redressa. Stépan l'obligea à se recoucher, et en refermant la portière il lui dit : « Oui, je m'en souviens. Dors ! » Il rentra et alla s'asseoir dans la cuisine dans le noir. À cette heure-là de la nuit, le vent était parti. Il entendait la chienne respirer dans son sommeil. Ses yeux s'habituèrent à l'obscurité. Il se tourna vers elle et la considéra longtemps, si longtemps qu'il lui sembla que c'était lui pour la première fois qui la berçait.

Après qu'il eut dit à Amghar qu'elle perdait ses forces, le garçon n'alla plus systématiquement dans la forêt avec elle. Certains soirs il s'asseyait dehors sur les marches et la chienne se couchait à côté de lui. Stépan continuait à faire ce qu'il avait à faire. Il préparait son repas et ressortait ou il fumait une cigarette dehors dans son fauteuil. Il regardait le soir tomber et ses pensées étaient les mêmes, que le garçon soit là ou non. Il ne lui adressait presque pas la parole. Pour quoi faire, le garçon ne lui répondait que par un mot ou un signe. Parfois l'ampoule suspendue à la véranda se balançait. Les ombres nocturnes accompagnaient le vent. Stépan se faisait une cigarette et la fumait jusqu'au bout sans que ni Amghar ou la chienne aient bougé, à part leur ombre.

Puis Amghar s'en allait à un signal mystérieux, connu de lui seul et qui n'avait rien à voir avec la nuit qui allait tomber sur la forêt.

Parfois Stépan savait qu'il était parti lorsque la chienne entrait dans la cuisine et allait se coucher sur sa couverture. Son départ comme son apparition se passaient dans cette sorte d'habitude, comme le lever ou le coucher du soleil. Avec le temps Stépan en éprouvait de moins en moins de gêne. Cependant une chose continuait de l'intéresser, ou plutôt de l'étonner. Amghar n'avait pas peur de l'obscurité. À l'heure où il partait, la forêt commençait à s'assombrir, et lorsqu'il atteindrait la route de Beit Zera, il ferait nuit. Il lui trouvait du courage. Parfois il songeait : « Ça, je pourrais lui dire. » Mais une autre fois il se demandait : « Pour quoi faire ? » Il penchait d'un côté et de l'autre.

Un soir, décidé à le lui dire, il sortit et alla s'asseoir dans le fauteuil. Par hasard il n'y avait pas de vent et pas de bruit. L'ampoule suspendue éclairait sans bouger. Amghar et la chienne étaient assis l'un à côté de l'autre. Stépan attendit un moment, puis ouvrit la bouche pour dire au garçon qu'il était courageux, mais n'alla pas plus loin. Amghar avait toussé, brièvement et pas plus fort que ça. Les yeux de Stépan clignèrent, son front se plissa comme devant un mystère, il se sentait troublé.

Amghar se leva, lui fit un signe auquel il répondit vaguement et s'éloigna vers la lisière. Lorsqu'il eut disparu entre les arbres, Stépan se fit une cigarette et l'alluma en ricanant, en se moquant de lui-même et de son trouble. Il resta dans son fauteuil, fuma lentement, et de longues minutes s'écoulèrent, légères, tranquilles, comme soulagées d'un fardeau. C'est le froid qui le fit rentrer.

La nuit lorsqu'il se leva et vint s'asseoir dans la cuisine, c'est encore à cela qu'il pensa, à son trouble en entendant le garçon tousser. À cause de la nuit, à la façon dont elle déforme les choses, cela lui apparut comme un événement considérable. Un bruit l'interrompit. Il alla vers la fenêtre. Derrière la vitre il entrevit quelque chose qui s'agitait. Il sortit sous la véranda. En l'entendant venir, l'oiseau s'envola du rebord de la fenêtre. Stépan resta un instant dehors. De la forêt montaient tous les bruits de la nuit.

Dans la baraque le lendemain, il façonna un grand nombre de boîtes sans rien se rappeler. Au début il façonna en parlant à Yankel. Ensuite il plut. Cela l'occupa aussi d'écouter la pluie tomber sur le toit de la baraque. Lorsqu'elle cessa, il se fit une cigarette et la fuma assis devant la montagne de boîtes. Alors seulement il se rappela combien ça l'avait troublé d'entendre chez le garçon cette chose humaine et intime qui est de tousser presque sans bruit. Il termina sa cigarette et reprit le travail.

Le vent avait poussé les nuages. Le ciel s'était dégagé. Mais il n'y eut pas davantage de lumière dans la baraque. Avec l'automne la lumière du soleil manquait, sa course s'était penchée, il n'éclairait plus par les deux fenêtres. C'était plus difficile pour ses yeux. Parfois en travaillant il pensait à Hassan Gabai.

Vers midi, il s'arrêta. Il resta un moment sur la chaise, les yeux fermés pour les reposer. La chienne ne l'entendit pas se lever. Ça l'effleura de la laisser dormir. Mais il se pencha et la réveilla. Elle alla avec lui jusqu'à la porte. Dehors, elle courut vers un oiseau. Stépan pensa : « J'ai eu raison de la réveiller. » L'oiseau s'envola, la chienne s'assit essoufflée dans l'herbe, et l'attendit.

Ainsi en travaillant Stépan pensait parfois à Hassan Gabai. Avec les années il était devenu un être surnaturel et calme, s'enfuyant quand il pensait trop longtemps à lui. Il ne l'avait vu qu'une seule fois depuis le champ, à l'aube, tandis qu'une nuée d'hirondelles s'envolait. Il l'avait aperçu de loin et vaguement, couché sur la route, trois hommes penchés au-dessus de lui. Mais ce n'était qu'une forme. Pour ainsi dire il ne l'avait jamais vu. Dans la lumière naissante, ils n'étaient tous que des formes sombres sur la route. Pendant longtemps Hassan Gabai eut les traits de son frère Abad venu lui réclamer de l'argent. Il avait les mêmes yeux noirs. Il était vêtu comme lui d'une chemise. Mais son regard, au contraire de son frère, était tout le temps empreint de tristesse.

Une nuit il tira sur lui avec le revolver, mais sans savoir, comme dans les rêves, s'il l'avait touché. Cependant il avait tiré sur lui sans remords.

Au réveil, il en chercha les raisons. Puis il se demanda sur qui il avait tiré. Sur le regard triste d'Hassan Gabai ou sur son frère Abad ? Il ne sut pas comment répondre et ne refit plus ce rêve. Avec les années, Hassan Gabai était devenu cet être surnaturel et calme qui surgissait, restait un moment, et s'en allait. Souvent à la vue d'hirondelles, il pensait à lui.

Il n'avait pas oublié qu'Hassan Gabai attendait un fils, mais n'y pensait jamais ouvertement. Il était comme un secret qu'il se serait fait à lui-même. Ainsi l'enfant existait, mais pas dans cette vie-là. C'est tout ce qu'il avait trouvé pour le supporter. Et pour rien au monde il n'en aurait parlé à Yankel dans ses lettres. Ce n'était pas un mensonge ni un secret, c'était au-delà.

Avec les jours Stépan finit par considérer son trouble comme une émotion sans queue ni tête. Plus d'une fois il songea en souriant : « Tout le monde tousse. Et alors. » Mais lorsque le garçon revint plus d'une semaine après, il se sentit à nouveau troublé et eut soudain besoin de parler. Il réfléchit vite et dit, alors que le garçon et la chienne s'éloignaient pour aller dans la forêt :

– Attends, reviens ici !

Amghar vint vers lui, le regard anxieux.

– Il y a plusieurs jours qu'il ne pleut pas. À mon avis il n'y a plus d'eau dans les racines.

Amghar le regardait désappointé. Stépan dit :

– Tu sais ce que je ferais moi, à ta place ?

Le garçon secoua la tête. Stépan dit :

– Emporte de l'eau avec toi. Je l'ai déjà fait. Tu la verses sans qu'elle le voie.

Le garçon leva les yeux au ciel, comme si Stépan venait de lui dévoiler un sacré bon tour.

Stépan grimpa les marches de la véranda et rentra dans la maison. Il chercha une bouteille, et tandis qu'il la remplissait à l'évier, il se sentait à moitié vaincu et à moitié en paix. Il ressortit et tendit la bouteille à Amghar en disant :

– Là-bas, laisse-la se reposer. Ne reviens pas tout de suite.

Amghar retourna vers la lisière. Stépan le regardait s'éloigner. Il le regardait d'une drôle de façon à présent, comme s'il venait de sortir de cette brume opaque où il flottait depuis qu'il était apparu un jour entre les deux eucalyptus. Stépan demeura un long moment sous la véranda, étonné et songeur.

Puis il rentra d'un pas lent, toujours songeur, et prépara son repas en jetant par moments un œil à la fenêtre. Le jour baissait. Lorsqu'ils revinrent de la forêt, Amghar posa la bouteille sur les marches, la chienne les grimpa et se coucha sous la véranda. Stépan sortit, resta dans l'embrasure de la porte et, avec l'impression qu'il lui parlait pour la première fois, demanda :

– Dis-moi, ça a marché ?

Amghar répondit tout bas, sur le ton du secret comme s'il ne voulait pas que la chienne l'entende :

– Oui.

Stépan secoua la tête et dit :

– Tant mieux.

Puis en levant les yeux vers le ciel qui s'assombrissait :

– Rentre chez toi.

Amghar s'en alla. Stépan passa la soirée dehors dans son fauteuil, à fumer et à penser au garçon. Par moments il secouait la tête avec stupéfaction. À un moment il rit presque à haute voix comme si on venait de lui jouer à lui aussi un bon tour. La chienne dormait à côté du fauteuil. Il se fit la cigarette qu'il fumerait cette nuit en se levant. Il réveilla la chienne et ils rentrèrent. La nuit il l'entendit avoir des gémissements. Il alla s'accroupir près d'elle et la réveilla. Elle se mit sur le flanc et se rendormit.

Cependant Stépan ne changea pas d'attitude avec le garçon. À part un geste, un mot, mais jamais plus. Au bout d'un certain temps, il lui sembla que le garçon avait perçu quelque chose chez lui, un changement finalement. Il lui sembla qu'il ne s'en allait plus seulement à ce signal mystérieux, mais attendait aussi que Stépan fût là-dehors. Il caressait la chienne, levait les yeux vers Stépan et s'en allait. Un soir il se souvint de ce qu'il voulait lui dire lorsqu'en toussant Amghar l'avait interrompu. Il attendit un moment et lui dit qu'il lui trouvait du courage de s'en aller alors que la nuit tombait. Après un long silence et sans se retourner, Amghar répondit :

– J'ai souvent peur.

Stépan en fut stupéfait. Il lui dit :

– Si tu veux je te raccompagne un moment.

Amghar lui fit de la main un geste rapide. Stépan dit :

– Ça aussi c'est courageux. Mais moi c'est pour te donner un coup de main. Tu m'en donnes un en allant te promener avec elle. Ça me soulage quand je suis fatigué. Et moi je te rends ce coup de main.

Il n'attendit pas que le garçon lui réponde. Il avait tant parlé que pris dans son élan il lui dit :

– Je t'ai menti l'autre fois avec la bouteille. Je ne l'ai jamais fait. Quand il y a de l'eau dans les racines, je suis content pour elle. Je n'ai jamais pensé à prendre une bouteille. Il y a plus souvent de l'eau que pas. S'il y a des feuilles à la surface, je les retire. Une fois je l'ai goûtée. En été elle est tiède.

Amghar le dévisageait, il avait un drôle d'air, il demanda :

– Pourquoi ?

Stépan dit :

– Pourquoi je t'ai menti ? Va savoir. Ça m'est venu comme ça. Maintenant rentre chez toi, et pense au service que je pourrais te rendre.

Amghar s'en alla. Stépan se fit une cigarette, se l'alluma et soudain il se sentit très seul. Non pas qu'Amghar fût parti, mais d'avoir tant parlé. Sans réfléchir il commença à aller vers l'île du Nord. Mais il s'arrêta vite. La mer était immense ce soir. Ce n'était pas tout le temps une bonne idée d'aller là-bas lorsqu'il se sentait seul. Alors c'est Samuelson qu'il commença à attendre, et le lendemain encore, et les jours suivants, il l'attendit.

Il attendit Samuelson avec tellement d'impatience que lorsqu'il gara son camion devant la baraque, Stépan avait un grand sourire. Samuelson en sautant de la cabine lui demanda : « Qu'est-ce qui t'arrive ? Pourquoi tu souris comme ça comme un idiot ? » Ils commencèrent à boire sous la véranda en mangeant du pain et des olives. Mais ils rentrèrent assez vite. Il faisait froid. Ils s'assirent dans la cuisine l'un en face de l'autre. La table n'était pas grande. Ils étaient déjà saouls en rentrant, et continuèrent à boire. Stépan était très saoul et songeur, et si mystérieux que Samuelson l'observait avec soupçon. À un moment Stépan se pencha vers lui et demanda : « Rends-moi un service, Eran. » Samuelson sans attendre dit : « Tu recommences. Non je ne te payerai pas plus. Tu sais combien je paye les Arabes ? Eux ne se plaignent jamais. » Stépan dit : « Non, pas ça. » Samuelson demanda : « Qu'est-ce que tu veux alors ? » Stépan dit : « Tousse, Eran ! » Samuelson éclata de rire, reprit à boire et demanda : « Tu as perdu la tête. Pour quoi faire ? » Stépan dit : « Je ne te répondrai pas. Tousse ! » Samuelson dit : « Sûrement pas. » Stépan demanda : « Tu es mon frère ou tu n'es pas mon frère ? » Un moment après Samuelson toussa. Stépan à son tour éclata de rire. Samuelson dit avec amertume : « C'était pour te foutre de ma gueule. » Stépan en riant toujours avança la main et la posa sur le bras de Samuelson et dit : « Non c'était pas pour ça. Je t'aime déjà bien, Eran, ça ne change rien. » Samuelson le fixait avec incompréhension. « Qu'est-ce que tu racontes ? » Stépan dit : « Toi, que tu tousses ou pas, je t'aime bien. » Samuelson n'en revenait toujours pas.

Il se leva pour aller uriner dehors et revint. Il demanda à Stépan de lui faire une cigarette. En la fumant il dit : « Hier j'étais à Hébron. » Stépan attendit, mais rien d'autre ne vint. Il dit à son tour, pour plaisanter : « Moi hier j'étais ici. Et alors ? » Samuelson ne l'écoutait pas, il bougeait les lèvres. Stépan le regardait se parler sans doute de ce qu'il avait vu à Hébron. Vers le milieu de la nuit Samuelson se leva encore pour aller uriner dehors. Stépan l'attendit. Cette nuit il voulait lui parler du garçon. Au bout d'un moment, ne le voyant pas revenir, il sortit sous la véranda. Samuelson dormait dehors dans le fauteuil. Stépan lui rapporta deux couvertures, le couvrit, et se fit une cigarette debout à côté de lui.

La chienne perdait ses forces. Un matin il la réveilla pour aller dans la baraque. Elle se dressa sur ses quatre pattes, puis aussitôt se remit sur son arrière-train. Il lui dit qu'il n'avait pas besoin d'elle et sortit seul, mais lorsqu'il tira la porte derrière lui, il l'entendit venir. Elle le suivit jusqu'à la baraque. En descendant les marches de la véranda elle avait fait attention. Stépan songea : « Elle le sait maintenant qu'elle perd ses forces. » Une moitié du ciel était rouge, l'autre moitié claire et lumineuse.

Dans la baraque il faisait froid. Il avait gardé son manteau pour travailler. C'est à Yankel qu'il pensa, à la couleur du ciel et aux saisons là-bas, à l'hiver austral. Mais ils avaient un fourneau énorme dans la scierie. Ça brûlait jour et nuit jusqu'au printemps. Ils ne comptaient pas le bois. Un jour Yankel lui avait envoyé une photographie du fourneau. En le voyant Stépan s'était dit que s'il avait eu le même, la baraque aurait pris feu.

Il continua à penser aux saisons là-bas. Son manteau ne le gênait pas, il n'y avait que ses mains qui travaillaient. Un peu avant midi le soleil réchauffa le toit de la baraque. Il se leva, ôta son manteau et rangea les piles contre les murs. L'une d'elles qu'il avait montée trop haut tomba. Des boîtes roulèrent jusqu'à la chienne, elle se réveilla en sursaut. Stépan se pencha et la caressa rapidement. Puis il s'accroupit et la caressa plus longuement. Ensuite il ramassa les boîtes et reconstruisit la pile. Ces boîtes-là étaient allongées et minces. Sur le dessus étaient imprimées deux lettres. Stépan songea : « Peut-être pour des montres. » Il retourna s'asseoir et fuma tout en travaillant. Midi avait passé lorsqu'il sortit de la baraque, le ciel était partout lumineux.

Amghar vint ce jour-là. Stépan le vit s'approcher depuis la fenêtre de la cuisine. Il sortit sous la véranda. Le garçon n'était pas sur les marches, mais assis contre le mur, un peu plus loin. La chienne était couchée à côté de lui. Stépan fit quelques pas. Amghar le considéra un instant et à nouveau regarda devant lui. Stépan voulut lui demander ce qu'il avait, mais son air triste et renfermé lui fit tourner les talons. Il alla chercher une couverture et la tendit au garçon en disant :

– Il fait froid.

Puis il retourna dans la maison, prépara son repas, et lorsqu'il ressortit, Amghar était parti. Le ciel changeait, il se couvrait de nuages. Il n'y avait pas un bruit dans les arbres. Le soir tombait. Un léger brouillard le faisait arriver plus vite. Stépan fuma dehors en frissonnant et en se demandant ce qui avait pu rendre le garçon aussi triste. Ça l'effleura qu'il ne reviendrait peut-être pas. Il ne sut pas se dire ce qu'il en pensait. Il fuma ensuite en songeant qu'il devait être sorti de la forêt et avançait sur la route à présent, ou s'il avait marché vite, peut-être était-il déjà arrivé à Beit Zera. Il le vit marcher sous le grand ciel sombre. À ce moment-là, la chienne le rejoignit dehors et s'assit à côté de lui. Gentiment il lui dit : « Tu ne sais pas, toi, comme c'est loin. Pour toi il habite dans la forêt. »

Plus tard il écrivit à Yankel : « J'ai ressorti la photo de votre fourneau là-bas. Si j'en avais un pareil, il prendrait toute la place dans la baraque, et j'aurais peur qu'il enflamme tout. Je préfère travailler avec mon manteau. » Il avait menti à une minute près. Car c'est seulement après avoir écrit cela qu'il chercha la photo et la posa sur le rebord de la fenêtre. Comme le fourneau lui arrivait à l'épaule, Yankel paraissait bien frêle à côté. Il ne paraissait pas du tout fait pour travailler dans une scierie. Ce soir-là Stépan en sourit. Ce n'était qu'une histoire d'échelle. N'importe qui aurait eu l'air frêle à côté. Il se souvint de la première fois qu'il avait vu cette photo de Yankel. Son cœur s'était serré, il en avait eu presque du chagrin. On eût dit un enfant debout à côté du fourneau.

Mais Amghar revint, et c'était résolument pour aller se promener avec la chienne. Il alla la chercher sous la véranda et repartit aussitôt avec elle. Stépan n'eut pas à lui redire de faire attention. Amghar marchait très lentement vers la lisière. Lorsqu'ils revinrent, Stépan était dehors, il demanda :

– Il y avait de l'eau ?

– C'était plein.

– Tant mieux. Elle l'a vidé ?

– Non.

– En été elle l'aurait vidé.

Amghar était assis sur les marches avec la chienne. Stépan était debout dans l'embrasure de la porte. Il alla s'asseoir dans son fauteuil. Le vent soudain tomba du ciel sur les arbres et courut sous la véranda. Le ciel prenait une teinte métallique. Stépan dit :

– Regarde là-haut. À ta place je m'en irais.

Amghar regarda vers le ciel et se leva. Stépan dit :

– Dépêche-toi, il fait encore clair. Profites-en.

Amghar lui fit un signe et s'éloigna vers la lisière. Plusieurs minutes après qu'il fut parti, le ciel s'éclaira. Stépan attendit un autre éclair. Il n'y en eut pas, mais le vent forcit. Il rentra et la chienne alla se coucher sur sa couverture. L'orage éclata tandis qu'il préparait son repas, assis à la table. La fenêtre devint toute blanche. Alors qu'il essayait de calculer où Amghar pouvait être et s'il avait déjà atteint la route, la fenêtre à nouveau s'éclaira d'une lumière blanche et cette fois un bruit assourdissant l'accompagna. Stépan en se levant songea : « Il n'est pas sur la route. Il est encore dans la forêt. » Il mit son manteau et sortit. Le vent soufflait de plus en plus fort. Les éclairs illuminaient le ciel, et tout de suite après un grand fracas faisait vibrer l'air et tout redevenait sombre. Stépan, hésitant, frissonnant à cause des coups de tonnerre songeait : « S'il est encore dans la forêt, qu'est-ce qu'il peut faire tout seul. » Il rentra, alla s'accroupir à côté de la chienne, lui dit deux mots, se redressa et chercha sa lampe torche.

Dans la forêt le vent soufflait en tempête. Les éclairs faisaient se dresser les arbres comme si juste avant l'éclair, ils n'avaient pas existé. La lumière était si vive que le faisceau de la lampe semblait s'éteindre. Puis l'obscurité revenait, les arbres disparaissaient et le fracas qui suivait était assourdissant. Stépan en tremblait, sa peau se hérissait. Il suivait le sentier d'un pas d'aveugle comme si de chaque côté il y avait le vide.

Il avançait avec la crainte des éclairs et du tonnerre, et avec une autre encore, plus douloureuse. Il craignait de rebrousser chemin. De sa lampe il éclairait ses pas, et balayait aussi les arbres de chaque côté du sentier, non pour apercevoir Amghar, car il devait être bien plus loin, mais parce que l'obscurité qui suivait les éclairs était si profonde qu'elle le terrifiait autant que les éclairs et le tonnerre.

Le vent qui soufflait en tempête soulevait par milliers des feuilles et des brindilles. Il s'arrêta, tourna le dos au vent, mit la lampe dans sa poche et essaya de se faire une cigarette. Il espérait trouver du courage en fumant. Même de dos, le vent l'en empêcha. Son tabac s'envola. Il repartit et marcha encore longtemps avec les éclairs, le vent et le tonnerre. Pour se donner du courage il demanda à Yankel comment étaient les orages là-bas.

Un éclair soudain n'éclaira plus les arbres mais une vaste étendue moins sombre que la forêt. Les feuilles et les brindilles ne volèrent plus autour de lui. Il s'avança dans le champ, en balayant avec sa lampe aussi loin qu'il pouvait. Il avança et trébucha. Le champ avait été retourné, les sillons étaient profonds. Il s'arrêta et éclaira tout autour de lui. Il voulut appeler, et au moment où il ouvrait la bouche, il l'aperçut. Il avança en enjambant les mottes de terre. Il fit encore quelques mètres et s'accroupit. Amghar était couché en chien de fusil dans le creux, entre deux sillons. Stépan éteignit sa lampe et sans regarder le garçon il dit :

– Sale temps. Mais il ne pleut pas.

Il s'assit et se fit une cigarette à l'abri entre les pans du manteau. En l'allumant il vit que le garçon levait les yeux vers lui. Il n'y avait pas eu d'éclairs depuis qu'il l'avait rejoint. Il dit :

– Je crois que c'est fini.

Amghar dit :

– J'ai eu peur.

– Moi aussi.

Stépan fumait. Amghar levait toujours les yeux sur lui. Il y eut encore des éclairs et du tonnerre, mais avec de longs intervalles, de plus en plus longs. Les coups de tonnerre éclatèrent dans le lointain, vers Tibériade. L'orage s'en alla. Le vent aussi tomba. Stépan demanda :

– Tu as froid ?

– Non. J'ai encore peur.

Stépan dit la vérité, sans réfléchir :

– Maintenant, moi ça va.

Amghar tout doucement se redressa et s'assit sur une motte de terre en face de Stépan. Stépan n'avait pas encore fini de fumer. Rien ne bougeait à part sa fumée. À deux cents mètres de là, devant lui, il devinait la route de Beit Zera. Il pouvait savoir qu'elle était là malgré la nuit et l'obscurité parce que des herbes hautes la bordaient. Il pencha son regard sur Amghar et dit :

– Je l'ai laissée dormir.

Amghar demanda :

– Elle aurait eu peur ?

– Je n'en sais rien. Peut-être. Je l'ai laissée parce qu'elle perd ses forces.

– Elle va mourir ?

– Oui, un jour. Je l'aime bien.

Il ajouta tout de suite après :

– Il y a longtemps que je l'aime bien.

Il sourit et respira profondément comme s'il y avait longtemps qu'il voulait le dire. Amghar à présent regardait par-dessus l'épaule de Stépan, vers la forêt. Stépan attendait et fumait. Il se souvenait de la nuée d'hirondelles s'envolant au-dessus du champ, à l'aube, des années auparavant, et il songeait comme le temps avait passé. Il dit en levant les yeux au ciel :

– L'orage est parti.

Il jeta ce qui restait de sa cigarette et demanda :

– Tu veux que je t'accompagne ?

Amghar fit non de la tête. Stépan dit :

– Mais je reste là. Je te regarde partir.

Amghar ne bougeait pas. Stépan dit :

– Prends ton temps.

Puis il tourna la tête et aperçut les lumières de Beit Zera, ou plutôt il vit le halo orangé qui flottait au-dessus dans le ciel. Faisant de nouveau face à Amghar, il lui sembla que le garçon le fixait avec anxiété. Il lui dit :

– Je te l'ai dit, prends ton temps. Ne t'en fais pas, j'attends.

Ils restèrent assis encore un long moment. Les étoiles revenaient. Leur lumière donnait du relief aux sillons de terre. Puis comme lorsqu'il quittait la véranda, Amghar lui fit un léger signe et se leva. Stépan dit :

– Vas-y, je te regarde. J'attends que tu sois sur la route. J'attends même encore que tu sois plus loin. Je m'en irai quand je ne te verrai plus.

Amghar commença à s'éloigner en enjambant les mottes de terre. Stépan ne le quittait pas des yeux.

Lorsqu'il atteignit la route, il le voyait encore un peu. Puis Amghar s'éloigna sur la route et au bout d'un moment disparut tout à fait. Stépan songea : « Moi aussi je vais rentrer maintenant. » Mais il se fit une autre cigarette et la fuma assis dans le champ, en prenant son temps, en regardant tout autour de lui et à nouveau il se souvint de la nuée d'hirondelles. Il attendait qu'Amghar soit arrivé à Beit Zera.

Une voiture venait de Beit Zera. Stépan profita de ses phares pour chercher la prise d'eau en béton surmontée de tuiles. Elle n'y était plus. Il se demanda par quoi on l'avait remplacée. Puis la voiture passa en éclairant là où une nuit, à l'aube, il avait vu les trois hommes penchés au-dessus du corps d'Hassan Gabai. Stépan ne détourna pas son regard. Il était surpris. Ça ne lui fit pas aussi mal qu'il l'avait craint. Il songea à nouveau que le temps avait passé. Au bout d'un moment il se dit qu'Amghar devait être arrivé à présent. Il se leva et se dirigea vers la forêt. Lorsque Yankel était enfant et qu'ils allaient à pied à Beit Zera, ils s'arrêtaient tout le temps devant la prise d'eau. Jamais ils n'avaient vu à l'intérieur. Elle était fermée par une porte en acier cadenassée. De l'intérieur montait un bruit d'eau limpide et mystérieux. Ils l'écoutaient pendant un moment. Yankel pensait que c'était une rivière souterraine, et que cette maison miniature avait été construite au-dessus par hasard. Stépan ne le contredisait pas.

Ils écoutaient ce bruit d'eau mystérieux et ensuite grimpaient sur la route et continuaient vers Beit Zera. En revenant ils s'y arrêtaient encore pour écouter le mystérieux murmure de l'eau.

Dans la forêt il n'arrêta pas de parler à Yankel. Sans les éclairs et le tonnerre tout était tranquille. Sa lampe éclairait bien le sentier. Les arbres ne lui faisaient plus peur. Entre les branches dénudées il voyait les étoiles. Il parla tellement à Yankel que lorsqu'il sortit de la forêt entre les deux eucalyptus, il fut tout surpris d'être arrivé. Il avait laissé l'ampoule allumée sous la véranda. Il ne l'éteignit pas. Il alla dans la cuisine, s'assit et regarda la chienne qui dormait toujours sur la couverture. Il posa ses bras sur la table, posa la tête sur un bras et s'endormit. Il rêva à l'orage. Puis il rêva qu'il était assis sur une dune de sable avec Yankel. Devant eux il y avait la mer, des nuages, et un endroit tout illuminé sur l'eau qui lui faisait mal aux yeux. C'est par un trou entre les nuages que la lumière passait et tombait sur la mer. Dans son rêve il voulait dire à Yankel que les Juifs et les Arabes avaient peur de l'orage.

Mais l'éclat de la lumière sur l'eau lui faisait de plus en plus mal aux yeux. Vers le matin la chienne se leva, s'approcha de la table et le réveilla.

Avec l'hiver le travail dans la baraque était plus difficile. Il n'y faisait pas un froid mordant, c'était supportable, mais ses mains s'engourdissaient. Il avait déjà essayé de travailler dans la maison, mais il avait renoncé. Les boîtes façonnées prenaient tellement de place qu'en une journée il y en avait partout dans la cuisine et le couloir. Il avait songé à les empiler sous la véranda, mais c'était du travail en plus de les déplacer. C'était aussi risquer lorsqu'il pleuvait, que la pluie poussée par le vent les abîme.

C'était plus difficile aussi pour la chienne. Le froid semblait appuyer sur son arrière-train. Il flanchait souvent. Un matin, au moment d'aller travailler Stépan se demanda comment faire. La chienne dormait encore sur sa couverture. Cette nuit à nouveau il l'avait entendue gémir dans son sommeil. Il se demanda s'il fallait la réveiller. Puis il sortit sans bruit, alla seul à la baraque et travailla seul. Au milieu de la matinée lorsqu'il revint, elle l'attendait assise derrière la porte. Il lui dit : « Je t'ai laissée dormir. » De plus en plus souvent par la suite il alla seul le matin travailler à la baraque.

Amghar prenait aussi beaucoup de précautions avec elle. Stépan le voyait bien. Il la caressait ou sifflait les trois notes le moins fort qu'il pouvait. Et lorsqu'il partait se promener avec elle dans la forêt, cela durait plus longtemps qu'avant. Stépan devinait qu'il obligeait la chienne à marcher lentement, à garder ses forces, et attendait avec patience au pied du pin qu'elle se repose avant de repartir. Lorsqu'ils revenaient, il ne demandait plus s'il y avait eu de l'eau entre les racines. De l'eau en cette saison, il y en avait tout le temps.

Un lundi de l'hiver Samuelson gara son camion plus tôt que d'habitude devant la baraque. Ce jour-là Amghar était venu. Il était dans la forêt avec la chienne. Tandis qu'il chargeait les boîtes dans le camion avec Samuelson, Stépan se disait : « Il va le voir. Ça devait arriver. Comment faire maintenant. J'aurais dû lui en parler. » Ils apportèrent dans la maison les provisions achetées à la coopérative de Beit Zera. En regardant autour de lui dans la cuisine, Samuelson demanda : « Où elle est ? » Stépan lui répondit : « Dans la forêt. » Puis il lui proposa de rester boire à l'intérieur. Il avait l'espoir que le garçon, en revenant, accompagne la chienne jusqu'à la véranda et s'en aille. Mais Samuelson s'était habillé chaudement, en prévision, ça se voyait, de passer la soirée dehors.

Tout en buvant sous la véranda avec Samuelson, Stépan surveillait la lisière et se demandait comment lui parler du garçon. Il se demandait aussi pourquoi il avait cette gêne. Assis sur les marches, Samuelson le fixait, et à un moment il dit : « Tu en fais une gueule. Pourquoi ? » Au même moment Amghar et la chienne sortirent de la forêt. Apercevant Samuelson, Amghar s'arrêta et n'alla pas plus loin. Samuelson demanda : « Qu'est-ce que c'est ? » Stépan répondit : « Je t'en parlerai. » Amghar demeura un moment devant la lisière, hésitant, puis retourna dans la forêt. La chienne s'approcha et Samuelson l'aida à monter les marches. Elle alla se coucher à côté de Stépan, au pied du fauteuil. Avec légèreté Samuelson demanda : « Alors ? » Stépan répondit : « Il vient des fois. » Il ajouta en posant une main sur la chienne : « Pour elle, pas pour moi. » Samuelson but un coup et demanda : « D'où il vient ? » Stépan répondit : « Beit Zera. » Samuelson écarquilla les yeux, ce qui voulait dire que c'était loin. Puis plus rien, Samuelson ne posa plus une seule question, mais but de bon cœur, et Stépan songea : « Ça alors, c'est pas plus compliqué que ça. » Il but avec soulagement, comme libéré d'un poids. Lorsqu'ils furent assez saouls pour avoir de l'imagination, ils inventèrent une vie à ceux qu'ils avaient connus pendant leur service militaire. Le froid ils l'oublièrent tellement ils avaient des idées, tellement ils riaient. Ils trinquèrent à la santé de l'officier qui les commandait devant Jaffa, celui que le soleil avait vaincu. Car c'est à lui qu'ils trouvèrent une vie particulièrement comique et complètement ratée.

Il y avait longtemps, bien des années, que du méthanier de Froïm, de l'île du Nord et de Yankel, ils ne parlaient plus pendant leurs cuites. Il valait mieux. Pour cela aussi Stépan bénissait Samuelson.

Stépan se sentit soulagé d'un plus grand poids qu'il ne l'aurait cru. Bien qu'il ignorât pourquoi, il était soulagé que Samuelson ait vu enfin Amghar. De la même manière il ignorait pourquoi il n'arrivait pas à en parler dans ses lettres à Yankel. Il avait quand même une vague idée, elle valait ce qu'elle valait. Ce n'était pas lui que le garçon venait voir. Si la chienne n'avait pas été là au moment où il avait surgi un soir entre les deux eucalyptus, il ne serait pas revenu. C'est pour elle qu'il traversait la forêt, qu'il affrontait la nuit pour rentrer. Voilà ce qu'il se disait. Alors pourquoi en parler. Mais parfois il songeait : « Sauf que moi maintenant je suis content de le voir, et je n'en parle pas. Je n'ai jamais eu de secret pour Yankel. Pourquoi j'ai celui-là ? » Au moins à présent Samuelson l'avait vu.

Un matin il neigea, pas beaucoup, mais assez pour blanchir l'herbe devant la véranda. Stépan en fut ému. C'était quand la dernière fois ? Il était tout stupéfait. C'était il y avait longtemps, bien avant que Yankel s'en aille faire son service militaire. En la découvrant un matin avec lui, Stépan avait dit : « On a l'impression qu'on fait partie du monde, non ? Regarde. » Yankel était comme lui heureux de voir la neige, mais ne semblait pas comprendre ce que son père voulait dire. Stépan avait ajouté : « Je me trompe, mais je crois toujours qu'il neige partout, sauf ici. »

Et à nouveau ce matin et après toutes ces années il eut l'impression, grâce à elle, de faire partie du monde. Mais le monde ce matin comme bien des matins, c'était l'île du Nord où il neigeait beaucoup pendant l'hiver austral. Il rentra en vitesse, s'alluma une cigarette et écrivit à Yankel qu'il venait de neiger ici aussi, et qu'à nouveau il s'était senti faire partie du monde. Il écrivit : « Est-ce que tu t'en souviens ? Il y a longtemps je te l'avais expliqué. Moi je m'en souviens. Mais toi là-bas, ça t'arrive souvent d'en faire partie. Tant mieux. » Sa cigarette lui brûla le bout des doigts. Il s'en refit une autre sans que cela brise son élan. Il avait envie de parler ce matin. Il écrivit : « Un garçon arabe vient parfois, pas pour moi, pour voir la chienne. Il l'aime bien. Presque autant que moi. Ou peut-être plus que moi. Comment le savoir. » Il s'arrêta, réfléchit puis écrivit : « Il y a eu un orage un soir, il était dans la forêt. Je l'ai rejoint près de la route nationale, dans le champ. Je voyais presque

Beit Zera, voilà ce que je voulais te dire aussi. » Il s'interrompit, souffla une ou deux fois, profondément, puis écrivit : « Mais dis donc surtout, il a neigé ce matin. Je n'en reviens pas. » Quand il eut fini d'écrire, la chienne se réveilla. Elle vint vers lui. Ils sortirent et allèrent à la baraque. La neige avait fondu. C'était la première fois qu'il écrivait le matin avant d'aller travailler.

Dans les jours qui suivirent Stépan espéra revoir la neige. La nuit en se levant il jetait un œil par la fenêtre avant d'aller s'asseoir à la table. Il ne l'avait vue qu'une minute ou deux. Et en combien d'années, Stépan ne les compta pas. Au bout de quelques jours la température remonta et il n'espéra plus la revoir. Mais une nuit en rêvant qu'il allait vers l'île du Nord il la vit tomber sur la mer.

Un soir sous la véranda, après qu'Amghar et la chienne étaient revenus de la forêt, Stépan demanda :

– Il a neigé à Beit Zera ?

Amghar leva les yeux sur lui. Stépan n'avait jamais vu un tel sourire sur le visage du garçon, et il lui lança, faussement dépité :

– Tu ne me crois pas et tu te fous de moi.

Amghar secoua la tête pour dire non, mais il avait toujours son sourire. Stépan dit :

– Soit tu dormais encore, soit il fait plus froid ici que chez toi. Parce qu'ici il a neigé.

À présent Amghar baissait la tête comme s'il voulait se cacher, comme s'il ne voulait pas que Stépan le voie rire. Stépan dit :

– Tu continues à te foutre de moi. Vas-y si ça te fait plaisir. Ça m'est égal.

Amghar n'osait plus du tout le regarder.

Puis l'hiver avait passé. Le thym reprit devant la véranda. Les grandes élobes fleurirent dans la forêt. Le printemps arriva pour de bon un matin. Il déposa des fleurs violettes devant la maison puis grimpa dans les arbres et réveilla les petits oiseaux noirs. Dans le ciel le soleil redressait sa courbe. Un jour vers midi il entra à nouveau par les deux fenêtres de la baraque. Stépan n'alla plus travailler avec son manteau et ses yeux se fatiguèrent moins vite. Mais l'hiver était parti en laissant une grande fatigue à la chienne. Un jour dans la forêt alors qu'il l'emmenait boire entre les racines du pin, elle se coucha avant d'y arriver. Il attendit un bon moment qu'elle reprenne ses forces pour repartir. Boire au pied du pin sembla lui en redonner, mais à nouveau en rentrant, elle se coucha entre les fougères et leva les yeux vers Stépan, comme prise en faute.

Stépan commença à ressentir une profonde tristesse. Il la ressentait la nuit lorsqu'il venait s'asseoir dans la cuisine et l'entendait gémir dans son sommeil. Il la ressentait le jour lorsqu'il voyait ses pattes arrière se dérober, et qu'elle s'asseyait comme si quelqu'un appuyait sur son arrière-train. Il tentait de ne pas montrer sa tristesse au garçon. Mais à Yankel il ne la cachait pas. Il en parlait quelquefois dans ses lettres.

C'est une tristesse profonde qui le prenait lorsque assis dans la cuisine il la regardait et se souvenait combien de fois sa respiration avait fini par bercer son désespoir et le rendre humain.

Un jour, vers la fin du printemps, alors qu'il l'emmenait boire au pied du pin, elle se coucha à mi-chemin entre les fougères. Il pensa que c'était comme d'habitude pour se reposer. Il attendit, puis s'accroupit et lui parla. Elle se laissa aller sur le flanc. Elle avait toujours semblé vivre pour aller boire là-bas entre les racines. Mais ce jour-là elle l'oublia. La nuit arriva. Elle respirait vite et ses yeux ne quittaient pas Stépan. Ils rentrèrent finalement. Elle était si fatiguée qu'il la porta pour grimper les marches de la véranda. Sur la couverture elle s'endormit aussitôt et gémit une partie de la nuit.

Lorsque Amghar vint plusieurs jours plus tard, Stépan lui dit que c'était fini à présent, que c'était trop loin pour elle d'aller jusqu'au pin. Amghar, assis sur les marches, ne bougea pas, ne dit rien. Debout derrière lui Stépan lui demanda à voix basse de dire ce qu'il pensait. Il attendit et lui redemanda patiemment. Amghar ouvrit la bouche, et poussa un profond soupir. Stépan ne pouvait voir l'effort qu'il faisait pour parler. Il ne voyait que sa nuque et son dos. Il se sentit soudain comme portant seul la chienne, et avec impatience cette fois et plus fort demanda au garçon de l'aider. Amghar dans un effort désespéré ouvrit encore une fois la bouche, et cela non plus Stépan ne le vit pas.

Tandis qu'il attendait que le garçon parle enfin, parce que ce soir il en avait besoin, un vautour s'était mis à tournoyer dans le ciel. Il était haut sous les nuages. Il faisait des cercles. Ni Amghar ni Stépan ne pouvaient le voir. À chaque cercle qu'il faisait il gagnait un peu plus d'altitude, il s'éloignait, allait de plus en plus haut. Bientôt le vautour ne fut qu'un point et disparut dans les nuages.

Amghar s'en alla. Son silence laissa Stépan bien seul. S'il avait vu son effort désespéré pour parler sans doute se serait-il senti moins seul, sans doute n'aurait-il pas eu autant besoin après qu'il fut parti, de parler à Yankel. Il était dans la cuisine devant la fenêtre. Il hésita, hésita, et lui dit enfin ce que par superstition il n'avait jamais osé dire : « L'année prochaine je toucherai au but. L'argent du voyage, je l'aurai. Comme ç'a été long. Écoute Yankel, écoute-moi bien, avec toutes les boîtes que j'ai façonnées, je pourrais faire une route jusque là-bas. Et tu sais comme c'est loin d'ici à là-bas. Heureusement mes yeux ça va. Je crois qu'ils tiendront encore. » Tandis qu'en songe il parlait à Yankel, la chienne dormait derrière lui. Il l'entendait respirer. Soudain il lui sembla qu'il l'abandonnait en parlant ainsi de l'année prochaine. Il s'arrêta, pris d'un sentiment coupable. Mais il voulait encore parler à Yankel. Parfois comme ce soir, il en avait une envie irrépressible. Il sortit comme si dehors, derrière la porte, il pouvait penser à l'année prochaine sans se sentir coupable. Il sortit, reprit ce qu'il disait à Yankel, mais se tut bien vite et s'alluma une cigarette.

Le printemps finit. Les semaines succédèrent aux semaines. Lorsque Stépan prenait la chienne avec lui pour aller travailler il la portait pour descendre les marches de la véranda. Elle mettait beaucoup de temps ensuite pour aller jusqu'à la baraque. Il restait à côté d'elle et l'encourageait. Dans la baraque il lui mit aussi une couverture. L'après-midi il la laissait dormir dans la cuisine. Un soir qu'Amghar était venu, elle y dormait encore. Stépan lui dit qu'il devait entrer s'il voulait la voir. Amghar préféra attendre qu'elle se réveille.

Au bout d'un moment Stépan ressortit pour lui dire qu'elle était réveillée. Par la porte entrouverte Amghar siffla les trois notes. La chienne n'apparut pas. Amghar chercha le regard de Stépan, semblant l'implorer de siffler à son tour les trois notes. Stépan n'en fit rien et lui demanda ce qui l'empêchait d'entrer, il lui demanda de quoi il avait peur. Amghar détourna son regard et ne répondit pas. Stépan ne chercha plus à dissimuler son impatience. Il dit avec dureté, d'un trait :

– C'est plus facile pour toi d'y aller, que pour elle de venir. Un jour elle ne sera plus ni dans la maison ni dehors. De quoi est-ce que tu as peur, qu'est-ce que tu attends, moi à ta place je n'attendrais pas.

Puis il se tut quelques secondes pour respirer, et dit ensuite d'une voix radoucie :

– Regarde-moi. Tu n'as pas peur la nuit dans la forêt, mais tu as peur d'entrer dans ma maison. Pourquoi ?

À ces mots, Amghar fixa un instant Stépan, ouvrit la bouche, baissa les yeux, puis entra dans la maison, lentement comme s'il marchait sur du vent. Stépan resta dehors. Il laissa le garçon seul avec la chienne et fuma sous la véranda.

Ainsi les semaines se succédèrent. Chaque fois qu'il venait à présent, Amghar allait s'asseoir dans la cuisine avec la chienne. Stépan sortait, imaginant que peut-être ainsi avec elle il parlait. Il attendait dehors patiemment.

Une nuit elle urina au milieu de la cuisine. Il l'engueula, pas fort, et s'en voulut. Elle sembla s'en souvenir, mais quelques jours plus tard elle recommença. À nouveau il l'engueula, et s'en voulut. Puis elle urina toutes les nuits. Un matin elle leva sur lui des yeux pleins d'appréhension. Il ne l'engueula plus jamais. Bien qu'il lavât et rinçât avec soin, il ne pouvait rien contre l'urine qui s'infiltrait dans le plancher. Une odeur âcre qui lui faisait penser à l'ammoniaque commença à flotter et ne s'en alla plus. À présent il allait tout le temps travailler seul. Les journées étaient longues, plus longues qu'avant. Mais parfois il oubliait qu'il était seul dans la baraque. Comme toujours ses mains travaillaient, son esprit survolait la mer aux milliers de bateaux, puis se levant et se retournant, il était étonné de ne pas voir la chienne en train d'attendre en dansant devant la porte.

Un matin il la retrouva au milieu de la cuisine, là où elle urinait d'habitude. Mais cette fois elle n'avait pas eu la force de revenir sur sa couverture. Il la porta, lava et rinça le plancher. Tous les matins ensuite il la retrouva au milieu de la cuisine. Quand vint septembre, Stépan avait pris sa décision. Même en songe il n'en parla pas à Yankel, et lorsque Amghar venait, il avait du mal à le regarder dans les yeux.

Et c'est ainsi qu'un matin il s'accroupit à côté de la chienne, et voyant ses légers mouvements des pattes il songea : « Peut-être qu'elle court. Pourtant c'est loin la dernière fois, il y a longtemps, mais elle s'en souvient. » Et ainsi qu'à peine dehors il sut qu'il ferait aujourd'hui cette chose à laquelle il pensait depuis longtemps, et que le revolver et les munitions lui apparurent comme deux photographies posées côte à côte. Dans la baraque tandis que ses mains commençaient à travailler, son esprit ne survola pas des étendues immenses, des plaines, des forêts sans fin et la mer. Ce matin-là son esprit n'alla pas vers l'île du Nord, il traversa le mur de la baraque, traversa le mur de la maison, s'approcha et se pencha sur la chienne : « Dors, dors, et cours dans ton rêve. »

Et bien qu'il se fût demandé un peu avant s'il était décent de travailler aujourd'hui, avec cette idée en tête, il travailla comme si sa vie en dépendait. Il façonna en oubliant qu'il avait mal aux yeux. Les boîtes naissaient en un éclair et s'empilaient autour de lui. On eût dit qu'il voulait remplir toute la baraque. Il ne sortit pas pour fumer, il fuma à l'intérieur, adossé à sa chaise. Il n'alla pas déjeuner. Il n'avait pas faim. Il ne s'en alla pas vers l'île du Nord de toute la journée, mais façonna avec frénésie, l'esprit vide, comme s'il voulait gagner aujourd'hui l'argent qui lui manquait encore.

Ce jour-là, tandis que Stépan construisait des montagnes de boîtes, Amghar alla comme tous les jours s'asseoir sous le porche d'une grande maison abandonnée. À Beit Zera, c'était une maison qu'on appelait la maison aux nids parce que les oiseaux l'avaient colonisée. Les tuiles avaient disparu, et des nids, il y en avait partout dans la charpente. Le soleil entrait dans la rue, du matin jusqu'au milieu de l'après-midi. Sous le porche Amghar était à l'ombre. Il observait tout ce qui se passait dans la rue. Parfois il s'endormait. Tous ceux qui passaient devant lui le connaissaient. Bien peu lui adressaient la parole, parce que lui-même ne leur répondait pour ainsi dire jamais, et s'il le faisait c'était d'un signe uniquement. Ceux qui avaient connu son père se souvenaient qu'il était plus aimable que lui.

Lorsqu'elle revenait de son travail, sa mère savait qu'elle trouverait Amghar assis là sous le porche. Elle disait en plaisantant : « Un jour à force, on ne l'appellera plus la maison aux nids. Un jour, elle portera ton nom. Et toi Amghar, tu vaux mieux qu'une maison abandonnée. » Il souriait. Elle l'aimait autant qu'elle aimait le ciel. Elle avait du chagrin de le voir ainsi, ne parlant pour ainsi dire pas. Alors comme il faut bien vivre, elle en plaisantait. Elle disait : « Toi, le jour où tu parleras, personne ne pourra t'arrêter. En y pensant j'ai déjà mal à la tête. » Elle savait qu'elle le trouverait toujours là sous le porche, et pour cette raison et en secret elle aimait cette grande maison abandonnée.

Mais un soir, il y avait presque une année, il n'y était pas. Elle retourna chez elle. Son inquiétude était si grande qu'elle se mit à courir. Il n'était pas chez eux non plus. Courant toujours, elle repartit vers la maison aux nids. Il commença à pleuvoir. Elle passa le porche, imaginant qu'il avait trouvé un abri, et se retrouva sous la charpente nue. Sous la pluie, elle appela Amghar de toutes ses forces. Puis elle pria à voix haute, elle supplia, le regard tourné vers le ciel violet. Elle pria et supplia comme elle l'avait déjà fait, une nuit, des années auparavant. Apeurés les oiseaux qui nichaient dans la charpente s'envolèrent sous la pluie. Quand elle n'eut plus de voix pour crier, elle s'en alla. Amghar était revenu à la maison. Elle le gifla et l'embrassa. En pleurant elle le supplia de ne jamais recommencer. Comme elle, il était trempé jusqu'aux os. Elle le déshabilla, l'enroula dans une couverture et le serra dans ses bras si longtemps qu'il s'endormit contre elle. Plus d'une fois le lendemain, elle lui demanda où il était allé. Mais Amghar ne parlait pas.

Elle pensait qu'elle avait assez pleuré et supplié devant lui. Elle pensait qu'il avait compris son chagrin. Mais il disparut à nouveau quelques jours plus tard, et revint à la nuit tombée. Elle le gifla et le serra contre elle. Elle lui dit qu'il était le dernier des fils. Elle lui dit qu'un jour, elle ne l'aimerait plus autant qu'elle aimait le ciel. Elle le supplia à nouveau et lorsqu'il fut couché elle tremblait encore.

Les jours passèrent. Chaque soir en rentrant de son travail, elle alla le chercher sous le porche de la maison aux nids. En l'apercevant elle avait un soupir de soulagement. Mais ce qu'elle pressentait arriva. Amghar à nouveau disparut. Elle l'attendit pendant des heures en tremblant. Cependant son inquiétude était moins grande. Lorsqu'il revint elle ne le gifla pas. Elle vit dans son regard quelque chose, une lueur. Elle vit ce qu'elle seule, sa mère, pouvait voir. Que là où il était retourné quelque chose l'apaisait. Comment savoir ce que c'était. Elle lui demanda une dernière fois où il était allé. Il ouvrit la bouche d'une manière si douloureuse qu'elle ne lui redemanda plus jamais. Grâce à cette chose qu'elle seule pouvait voir, elle accepta qu'il disparaisse ainsi parfois et rentre la nuit, épuisé, mais avec dans le regard cette lueur. Elle continua à trembler et à prier, mais ne le supplia plus jamais de dire où il allait. Avec le temps elle cessa de trembler.

Dans la baraque la lumière baissait. Stépan s'arrêta de travailler. Ses yeux ses mains ses bras étaient douloureux. Soudain il songea à Amghar : « Pourvu qu'il ne vienne pas ce soir. » Il se répéta ce qu'il s'était déjà dit ce matin : « S'il vient, je le laisse aller la voir, et après je lui dis la vérité, je n'attends pas. » Il se leva, contempla les piles de boîtes qui montaient presque jusqu'au plafond, puis sortit de la baraque. En allant vers la maison il regarda le ciel et songea : « Il ne pleuvra pas. Tant mieux. » Puis aussitôt il songea : « Peut-être que j'espérais qu'il pleuve, pour ne pas le faire ce soir. » Sous la véranda il hésita. Il ne savait pas par quoi commencer. Finalement il entra.

Dans la cuisine il s'accroupit à côté de la chienne. Elle était couchée sur le flanc, elle dormait. Elle n'avait touché ni à son eau ni à sa nourriture. Il la caressa un moment, elle ouvrit les yeux et le fixa. Il chercha quoi faire, quoi dire. Il dit seulement avec un sourire : « Alors ! » Il se redressa et sortit de la cuisine.

Dans un tiroir de sa chambre il prit un drap, et dans un autre tiroir, le revolver. Le drap, il le mit dans un sac. Il retourna dans le couloir et chercha la boîte de munitions au fond d'une étagère. Il chargea le revolver. Il retourna dans la cuisine, la chienne s'était rendormie. Il prit une bouteille sous l'évier, la remplit d'eau et la mit dans le sac avec le drap et le revolver. Le sac, il le passa sur une épaule et alors seulement il s'arrêta et ne bougea plus. Tout cela il l'avait fait d'un trait, sans une hésitation, comme après de nombreuses répétitions. Il attendit un long moment sans bouger, regardant par la fenêtre. Puis il se fit une cigarette et la fuma d'un trait aussi, devant la fenêtre.

Le soir tombait quand il sortit sous la véranda en portant la chienne dans ses bras. Il sentit l'odeur du thym, il sentit le vent de l'été, descendit les trois marches et se dirigea vers la forêt.

Sous le porche, Amghar ce soir-là somnolait. Sa mère en entrant dans la rue l'aperçut et alla vers lui d'un pas tranquille. Elle travaillait à la mairie de Beit Zera. Chaque soir elle faisait un détour pour passer devant la maison aux nids. Arrivée devant le porche elle attendit un instant. Puis elle appela Amghar une ou deux fois à voix basse. Il somnolait toujours. Elle s'assit à côté de lui et attendit. Derrière elle, dans la charpente nue de la maison, les oiseaux entonnèrent la chanson du soir qui monta, monta et réveilla Amghar. En apercevant sa mère assise près de lui, il lui fit un sourire qu'elle ne vit pas. À ce moment-là elle observait les nids dans la charpente en songeant qu'elle aimait de plus en plus cette maison abandonnée, puisque son porche était un endroit assez paisible pour que son fils puisse s'y endormir. L'autre endroit où il allait et qui l'avait tant fait trembler, elle ne pouvait pas se l'imaginer, elle ignorait à quoi il ressemblait, mais puisqu'il en revenait avec cette lueur qu'elle seule sa mère pouvait voir, elle finirait par aimer cet endroit presque autant que la maison abandonnée.

Tandis qu'assise à côté d'Amghar elle écoutait la chanson du soir monter de la charpente, Stépan s'enfonçait dans la forêt entre les fougères et les grandes élobes. Dans ses bras, la chienne ne bougeait pas. Il lui semblait qu'elle se laissait porter avec une sorte de contentement. Il lui semblait que sa respiration était tranquille. Il en ressentit lui aussi une sorte de contentement. Mais ses bras étaient de plus en plus douloureux. À un moment il dut s'arrêter et s'accroupir, et laissa la chienne reposer sur ses jambes. C'était à peu près par là qu'elle s'était couchée la dernière fois qu'ils étaient venus et n'avait pas eu la force de repartir pour aller jusqu'au pin. Il lui dit : « Tu vois, moi aussi je suis fatigué. » Il voulut parler à Yankel, mais se retint, non pas qu'il ignorât quoi lui dire, mais il craignit soudain en s'adressant à lui, de se mettre à douter et de renoncer. À qui parler alors ? Il dit à Samuelson : « Eran, je suis fatigué et je me sens bien seul. »

Il poussa sur ses jambes, se redressa et afin qu'elle ne repose plus seulement sur ses bras, il serra la chienne contre sa poitrine et repartit. Entre la cime des arbres, il faisait de plus en plus sombre. Il songea : « Je n'aurais pas dû partir si tard. » Comme il avait décidé de ne plus s'arrêter avant d'être arrivé au pin, il marchait vite, coupait au jugé entre les fougères. Mais la chienne pesait sur ses bras, et ses muscles se tendaient, c'était si douloureux maintenant qu'il ne pensait plus qu'à arriver.

À la vue du pin, son soulagement fut si grand qu'il en éprouva aussitôt de la honte. La chienne commençait à gémir. D'être portée avait fini par être douloureux pour elle aussi. Il plia sur ses jambes et la coucha dans l'herbe, la tête à l'opposé des racines qui formaient l'abreuvoir naturel. Il ne voulait pas que la chienne le voie le remplir. Vite il ouvrit son sac, en sortit la bouteille et versa l'eau dedans en se disant : « J'ai eu raison, il est vide. » Ensuite ses gestes ne furent plus ceux d'un être doué de pensée. Ses mains, ses bras n'eurent plus besoin de lui. Il souleva la chienne avec d'infinies précautions et la recoucha au pied du pin, la tête posée sur le bord de l'abreuvoir, et tandis qu'elle commençait à boire, il sortit le revolver.

La détonation résonna dans la nuit puis s'éteignit. Il y eut d'autres bruits ensuite, des craquements, peut-être des animaux apeurés qui s'enfuyaient. Puis il y eut à nouveau le silence, alors seulement Stépan retrouva ses pensées. C'est lui et pas seulement ses mains qui sortit le drap du sac et enveloppa la chienne avec encore plus de précautions qu'en la soulevant une minute avant, et à nouveau il la prit dans ses bras, la serra contre sa poitrine et se dirigea vers la crevasse, se frayant un passage entre les fougères et les grandes élobes.

Cet ouvrage a été composé
par Nord Compo à Villeneuve-d'Ascq
et achevé d'imprimer en France
par CPI Bussière
à Saint-Amand-Montrond (Cher)
pour le compte des Éditions Stock
31, rue de Fleurus, 75006 Paris
en décembre 2014

Stock s'engage pour l'environnement en réduisant l'empreinte carbone de ses livres. Celle de cet exemplaire est de :
550 g éq. CO_2
Rendez-vous sur www.editions-stock-durable.fr

Imprimé en France

Dépôt légal : janvier 2015
N° d'édition : 01 – N° d'impression : 2013310
21-51-8891/3